CLASSIQUES & CIE
LYCÉE

Alfred de Musset

On ne badine pas avec l'amour (1834)

Collection dirigée par
Marc Robert

Notes et dossier
Rachel Pages
agrégée de lettres modernes

Hatier

ON NE BADINE PAS AVEC L'AMOUR

LIRE L'ŒUVRE

L'ŒUVRE DANS L'HISTOIRE

Conception graphique de la maquette :
c-album, Jean-Baptiste Taisne, Rachel Pfleger
Principe de couverture : Double
Mise en pages : Chesteroc Ltd
Iconographie : Hatier Illustration
Suivi éditional : Alice De Wolf

ISBN 978-2-218-96314-8

L'ŒUVRE DANS UN GENRE

VERS L'ÉPREUVE

ARGUMENTER, COMMENTER, RÉDIGER

ON NE BADINE PAS AVEC L'AMOUR

Personnages

LE BARON.
PERDICAN, *son fils.*
MAÎTRE[1] BLAZIUS, *gouverneur de Perdican.*
MAÎTRE BRIDAINE, *curé.*
CAMILLE, *nièce du baron.*
DAME[2] PLUCHE, *sa gouvernante.*
ROSETTE, *sœur de lait*[3] *de Camille.*
PAYSANS, VALETS, *etc.*

---

1. *Maître :* suivi du nom ou du prénom, se dit familièrement en parlant de ou à des gens de condition peu élevée. \ **2.** *Dame :* autrefois marque de respect ; s'emploie au XIXe siècle pour désigner de manière courtoise une femme chargée des tâches domestiques. \ **3.** *Sœur de lait :* fille de la nourrice de Camille, qui a donc bu le même lait.

Acte premier

Scène 1

Une place devant le château.
MAÎTRE BLAZIUS, DAME PLUCHE, LE CHŒUR

LE CHŒUR. – Doucement bercé sur sa mule fringante, messer[1] Blazius[2] s'avance dans les bluets[3] fleuris, vêtu de neuf, l'écritoire[4] au côté. Comme un poupon sur l'oreiller, il se ballotte sur son ventre rebondi, et, les yeux à demi fermés, il marmotte un *Pater noster*[5] dans son triple menton. Salut, maître Blazius, vous arrivez au temps de la vendange, pareil à une amphore antique.

MAÎTRE BLAZIUS. – Que ceux qui veulent apprendre une nouvelle d'importance m'apportent ici premièrement un verre de vin frais.

LE CHŒUR. – Voilà notre plus grande écuelle ; buvez, maître Blazius ; le vin est bon ; vous parlerez après.

MAÎTRE BLAZIUS. – Vous saurez, mes enfants, que le jeune Perdican, fils de notre seigneur, vient d'atteindre à sa majorité, et qu'il est reçu docteur à Paris. Il revient aujourd'hui

---

1. *Messer :* de l'italien *messere*, qui signifie « messire », « seigneur ». \ **2.** *Blazius :* c'est aussi le nom d'un pédant dans *Le Capitaine Fracasse* de Théophile Gautier. \ **3.** *Bluets :* on orthographie généralement « bleuets », fleurs de l'été. \ **4.** *Écritoire :* nécessaire à écrire (encre, papier, plume…) dans un coffret ou un étui. \ **5.** *Pater noster :* équivalent du *Notre Père* en latin.

même au château, la bouche toute pleine de façons de parler si belles et si fleuries, qu'on ne sait que lui répondre les trois quarts du temps. Toute sa gracieuse personne est un livre d'or[1] ; il ne voit pas un brin d'herbe à terre, qu'il ne vous dise comment cela s'appelle en latin ; et quand il fait du vent ou qu'il pleut, il vous dit tout clairement pourquoi. Vous ouvririez des yeux grands comme la porte que voilà, de le voir dérouler un des parchemins qu'il a coloriés d'encres de toutes couleurs, de ses propres mains et sans rien en dire à personne. Enfin c'est un diamant fin des pieds à la tête, et voilà ce que je viens annoncer à M. le baron. Vous sentez que cela me fait quelque honneur, à moi, qui suis son gouverneur[2] depuis l'âge de quatre ans ; ainsi donc, mes bons amis, apportez une chaise que je descende un peu de cette mule-ci sans me casser le cou ; la bête est tant soit peu rétive[3], et je ne serais pas fâché de boire encore une gorgée avant d'entrer.

LE CHŒUR. – Buvez, maître Blazius, et reprenez vos esprits. Nous avons vu naître le petit Perdican, et il n'était pas besoin, du moment qu'il arrive, de nous en dire si long. Puissions-nous retrouver l'enfant dans le cœur de l'homme.

MAÎTRE BLAZIUS. – Ma foi, l'écuelle est vide ; je ne croyais pas avoir tout bu. Adieu ; j'ai préparé, en trottant sur la route, deux ou trois phrases sans prétention qui plairont à monseigneur ; je vais tirer la cloche.

Il sort.

LE CHŒUR. – Durement cahotée sur son âne essoufflé, dame Pluche gravit la colline ; son écuyer transi gourdine[4] à tour de bras le pauvre animal, qui hoche la tête, un chardon entre les dents. Ses longues jambes maigres trépignent de colère,

1. *Livre d'or:* registre où étaient inscrits, en lettres d'or, les noms des nobles, puis des personnes dignes d'éloge. \ 2. *Gouverneur:* précepteur chargé de l'éducation des garçons. \ 3. *Rétive:* qui n'obéit pas facilement. \ 4. *Gourdine:* bat à coups de gourdin (terme populaire).

tandis que, de ses mains osseuses, elle égratigne son chapelet. Bonjour donc, dame Pluche ; vous arrivez comme la fièvre, avec le vent qui fait jaunir les bois.

DAME PLUCHE. – Un verre d'eau, canaille que vous êtes ! un verre d'eau et un peu de vinaigre !

LE CHŒUR. – D'où venez-vous, Pluche, ma mie ? Vos faux cheveux sont couverts de poussière ; voilà un toupet[1] de gâté, et votre chaste robe est retroussée jusqu'à vos vénérables jarretières.

DAME PLUCHE. – Sachez, manants, que la belle Camille, la nièce de votre maître, arrive aujourd'hui au château. Elle a quitté le couvent sur l'ordre exprès de monseigneur, pour venir en son temps et lieu recueillir, comme faire se doit, le bon bien qu'elle a de sa mère. Son éducation, Dieu merci, est terminée ; et ceux qui la verront auront la joie de respirer une glorieuse fleur de sagesse et de dévotion. Jamais il n'y a rien eu de si pur, de si ange, de si agneau et de si colombe que cette chère nonnain[2] ; que le Seigneur Dieu du ciel la conduise ! Ainsi soit-il. Rangez-vous, canaille ; il me semble que j'ai les jambes enflées.

LE CHŒUR. – Défripez-vous, honnête Pluche, et quand vous prierez Dieu, demandez de la pluie ; nos blés sont secs comme vos tibias.

DAME PLUCHE. – Vous m'avez apporté de l'eau dans une écuelle qui sent la cuisine ; donnez-moi la main pour descendre ; vous êtes des butors[3] et des malappris.

Elle sort.

LE CHŒUR. – Mettons nos habits du dimanche, et attendons que le baron nous fasse appeler. Ou je me trompe fort, ou quelque joyeuse bombance[4] est dans l'air d'aujourd'hui.

Ils sortent.

---

1. *Toupet :* touffe de (faux) cheveux au sommet du front. \ **2.** *Nonnain :* diminutif familier et plaisant de *nonne*, pour désigner une jeune religieuse. \ **3.** *Butors :* hommes grossiers et stupides. \ **4.** *Bombance :* ripaille, chère abondante.

Scène 2

Le salon du Baron.
Entrent LE BARON, MAÎTRE BRIDAINE *et* MAÎTRE BLAZIUS.

LE BARON. – Maître Bridaine, vous êtes mon ami ; je vous présente maître Blazius, gouverneur de mon fils. Mon fils a eu hier matin, à midi huit minutes, vingt et un ans comptés ; il est docteur à quatre boules blanches [1]. Maître Blazius, je vous présente maître Bridaine, curé de la paroisse ; c'est mon ami.

MAÎTRE BLAZIUS, *saluant.* – À quatre boules blanches, seigneur ! Littérature, botanique, droit romain [2], droit canon [3].

LE BARON. – Allez à votre chambre, cher Blazius, mon fils ne va pas tarder à paraître ; faites un peu de toilette, et revenez au coup de la cloche.

Maître Blazius sort.

MAÎTRE BRIDAINE. – Vous dirai-je ma pensée, monseigneur ? Le gouverneur de votre fils sent le vin à pleine bouche.

LE BARON. – Cela est impossible.

MAÎTRE BRIDAINE. – J'en suis sûr comme de ma vie ; il m'a parlé de fort près tout à l'heure ; il sentait le vin à faire peur.

LE BARON. – Brisons là [4] ; je vous répète que cela est impossible. (*Entre dame Pluche.*) Vous voilà, bonne dame Pluche ! Ma nièce est sans doute avec vous.

DAME PLUCHE. – Elle me suit, monseigneur ; je l'ai devancée de quelques pas.

LE BARON. – Maître Bridaine, vous êtes mon ami. Je vous présente la dame Pluche, gouvernante de ma nièce. Ma nièce

1. *Boule blanche :* signe de l'entière réussite du candidat. \ 2. *Droit romain :* droit civil, hérité des Romains. \ 3. *Droit canon :* droit canonique, c'est-à-dire ecclésiastique, religieux. \ 4. *Brisons là :* restons-en là (expression vieillie employée pour couper court à une conversation).

est depuis hier, à sept heures de nuit, parvenue à l'âge de dix-huit ans ; elle sort du meilleur couvent de France. Dame Pluche, je vous présente maître Bridaine, curé de la paroisse ; c'est mon ami.

DAME PLUCHE, *saluant.* – Du meilleur couvent de France, seigneur, et je puis ajouter : la meilleure chrétienne du couvent.

LE BARON. – Allez, dame Pluche, réparer le désordre où vous voilà ; ma nièce va bientôt venir, j'espère ; soyez prête à l'heure du dîner.

Dame Pluche sort.

MAÎTRE BRIDAINE. – Cette vieille demoiselle paraît tout à fait pleine d'onction [1].

LE BARON. – Pleine d'onction et de componction [2], maître Bridaine ; sa vertu est inattaquable.

MAÎTRE BRIDAINE. – Mais le gouverneur sent le vin ; j'en ai la certitude.

LE BARON. – Maître Bridaine, il y a des moments où je doute de votre amitié. Prenez-vous à tâche de me contredire ? Pas un mot de plus là-dessus. J'ai formé le dessein de marier mon fils avec ma nièce ; c'est un couple assorti : leur éducation me coûte six mille écus.

MAÎTRE BRIDAINE. – Il sera nécessaire d'obtenir des dispenses [3].

LE BARON. – Je les ai, Bridaine, elles sont sur ma table, dans mon cabinet [4]. Ô mon ami ! apprenez maintenant que je suis plein de joie. Vous savez que j'ai eu de tout temps la plus profonde horreur pour la solitude. Cependant la place que j'occupe et la gravité de mon habit me forcent à rester dans ce château pendant trois mois d'hiver et trois mois d'été.

1. *Onction :* douceur caractéristique de la piété religieuse. \ **2.** *Componction :* gravité, recueillement solennel. \ **3.** *Dispenses :* autorisations exceptionnelles accordées par l'Église, en cas notamment de mariages entre membres de la même famille, ici entre cousins germains. \ **4.** *Cabinet :* lieu solitaire consacré au travail et à la méditation.

Il est impossible de faire le bonheur des hommes en général, et de ses vassaux[1] en particulier, sans donner parfois à son valet de chambre l'ordre rigoureux de ne laisser entrer personne. Qu'il est austère et difficile le recueillement de l'homme d'État ! et quel plaisir ne trouverai-je pas à tempérer, par la présence de mes deux enfants réunis, la sombre tristesse à laquelle je dois nécessairement être en proie depuis que le roi m'a nommé receveur[2] !

MAÎTRE BRIDAINE. – Ce mariage se fera-t-il ici, ou à Paris ?

LE BARON. – Voilà où je vous attendais, Bridaine ; j'étais sûr de cette question. Eh bien ! mon ami, que diriez-vous si ces mains que voilà, oui, Bridaine, vos propres mains – ne les regardez pas d'une manière aussi piteuse – étaient destinées à bénir solennellement l'heureuse confirmation de mes rêves les plus chers ? Hé ?

MAÎTRE BRIDAINE. – Je me tais ; la reconnaissance me ferme la bouche.

LE BARON. – Regardez par cette fenêtre ; ne voyez-vous pas que mes gens se portent en foule à la grille ? Mes deux enfants arrivent en même temps ; voilà la combinaison la plus heureuse. J'ai disposé les choses de manière à tout prévoir. Ma nièce sera introduite par cette porte à gauche, et mon fils par cette porte à droite. Qu'en dites-vous ? Je me fais une fête de voir comment ils s'aborderont, ce qu'ils se diront : six mille écus ne sont pas une bagatelle, il ne faut pas s'y tromper. Ces enfants s'aimaient d'ailleurs fort tendrement dès le berceau. – Bridaine, il me vient une idée.

MAÎTRE BRIDAINE. – Laquelle ?

---

1. *Vassaux :* dans le système féodal, les vassaux jurent fidélité et assistance au seigneur médiéval, dont ils attendent en retour la protection. \ **2.** *Receveur :* officier chargé de gérer la collecte et la recette des impôts sous l'Ancien Régime.

LE BARON. – Pendant le dîner, sans avoir l'air d'y toucher – vous comprenez, mon ami –, tout en vidant quelques coupes joyeuses – vous savez le latin, Bridaine.

MAÎTRE BRIDAINE. – *Ita aedepol*[1], pardieu, si je le sais !

LE BARON. – Je serais bien aise de vous voir entreprendre[2] ce garçon – discrètement, s'entend – devant sa cousine ; cela ne peut produire qu'un bon effet – faites-le parler un peu latin – non pas précisément pendant le dîner, cela deviendrait fastidieux, et quant à moi, je n'y comprends rien – mais au dessert –, entendez-vous ?

MAÎTRE BRIDAINE. – Si vous n'y comprenez rien, monseigneur, il est probable que votre nièce est dans le même cas.

LE BARON. – Raison de plus ; ne voulez-vous pas qu'une femme admire ce qu'elle comprend ? D'où sortez-vous, Bridaine ? Voilà un raisonnement qui fait pitié.

MAÎTRE BRIDAINE. – Je connais peu les femmes, mais il me semble qu'il est difficile qu'on admire ce qu'on ne comprend pas.

LE BARON. – Je les connais, Bridaine ; je connais ces êtres charmants et indéfinissables. Soyez persuadé qu'elles aiment à avoir de la poudre dans les yeux, et que plus on leur en jette, plus elles les écarquillent, afin d'en gober davantage. (*Perdican entre d'un côté, Camille de l'autre.*) Bonjour, mes enfants ; bonjour, ma chère Camille, mon cher Perdican ! Embrassez-moi, et embrassez-vous.

PERDICAN. – Bonjour, mon père, ma sœur bien-aimée ! Quel bonheur ! Que je suis heureux !

CAMILLE. – Mon père et mon cousin, je vous salue.

PERDICAN. – Comme te voilà grande, Camille ! et belle comme le jour !

1. *Ita aedepol :* formule de serment signifiant « Oui, par Pollux » et devenue juron familier en latin. \ **2.** *Entreprendre :* tester quelqu'un, l'inciter à parler.

LE BARON. – Quand as-tu quitté Paris, Perdican ?

PERDICAN. – Mercredi, je crois, ou mardi. Comme te voilà métamorphosée en femme ! Je suis donc un homme, moi ! Il me semble que c'est hier que je t'ai vue pas plus haute que cela.

LE BARON. – Vous devez être fatigués ; la route est longue, et il fait chaud.

PERDICAN. – Oh ! mon Dieu, non. Regardez donc, mon père, comme Camille est jolie !

LE BARON. – Allons, Camille, embrasse ton cousin.

CAMILLE. – Excusez-moi[1].

LE BARON. – Un compliment vaut un baiser ; embrasse-la, Perdican.

PERDICAN. – Si ma cousine recule quand je lui tends la main, je vous dirai à mon tour : Excusez-moi ; l'amour peut voler un baiser, mais non pas l'amitié.

CAMILLE. – L'amitié ni l'amour ne doivent recevoir que ce qu'ils peuvent rendre.

LE BARON, *à maître Bridaine.* – Voilà un commencement de mauvais augure[2], hé ?

MAÎTRE BRIDAINE, *au Baron.* – Trop de pudeur est sans doute un défaut ; mais le mariage lève bien des scrupules.

LE BARON, *à maître Bridaine.* – Je suis choqué – blessé. – Cette réponse m'a déplu. – *Excusez-moi* ! Avez-vous vu qu'elle a fait mine de se signer ? – Venez ici, que je vous parle. – Cela m'est pénible au dernier point. Ce moment, qui devait m'être si doux, est complètement gâté. – Je suis vexé, piqué[3]. – Diable ! Voilà qui est fort mauvais.

MAÎTRE BRIDAINE. – Dites-leur quelques mots ; les voilà qui se tournent le dos.

1. *Excusez-moi :* formule de politesse utilisée pour signifier froidement un refus. \ **2.** *De mauvais augure :* qui n'annonce rien de bon. \ **3.** *Piqué :* froissé, irrité.

LE BARON. – Eh bien ! mes enfants, à quoi pensez-vous donc ? Que fais-tu là, Camille, devant cette tapisserie ?

CAMILLE, *regardant un tableau.* – Voilà un beau portrait, mon oncle ! N'est-ce pas une grand-tante à nous ?

LE BARON. – Oui, mon enfant, c'est ta bisaïeule – ou du moins – la sœur de ton bisaïeul – car la chère dame n'a jamais concouru – pour sa part, je crois, autrement qu'en prières – à l'accroissement de la famille. – C'était, ma foi, une sainte femme.

CAMILLE. – Oh ! oui, une sainte ! c'est ma grand-tante Isabelle. Comme ce costume religieux lui va bien !

LE BARON. – Et toi, Perdican, que fais-tu là devant ce pot de fleurs ?

PERDICAN. – Voilà une fleur charmante, mon père. C'est un héliotrope [1].

LE BARON. – Te moques-tu ? elle est grosse comme une mouche.

PERDICAN. – Cette petite fleur grosse comme une mouche a bien son prix.

MAÎTRE BRIDAINE. – Sans doute ! Le docteur a raison. Demandez-lui à quel sexe, à quelle classe elle appartient, de quels éléments elle se forme, d'où lui viennent sa sève et sa couleur ; il vous ravira en extase en vous détaillant les phénomènes de ce brin d'herbe, depuis la racine jusqu'à la fleur.

PERDICAN. – Je n'en sais pas si long, mon révérend [2]. Je trouve qu'elle sent bon, voilà tout.

1. *Héliotrope :* plante aux fleurs bleues ou blanches très parfumées, qui se tournent vers le soleil. \ 2. *Révérend :* titre honorifique donné à un religieux.

Scène 3

Devant le château.
Entre LE CHŒUR.

LE CHŒUR. – Plusieurs choses me divertissent et excitent ma curiosité. Venez, mes amis, et asseyons-nous sous ce noyer. Deux formidables[1] dîneurs sont en ce moment en présence au château, maître Bridaine et maître Blazius. N'avez-vous pas fait une remarque ? C'est que lorsque deux hommes à peu près pareils, également gros, également sots, ayant les mêmes vices et les mêmes passions, viennent par hasard à se rencontrer, il faut nécessairement qu'ils s'adorent ou qu'ils s'exècrent. Par la raison que les contraires s'attirent, qu'un homme grand et desséché aimera un homme petit et rond, que les blonds recherchent les bruns, et réciproquement, je prévois une lutte secrète entre le gouverneur et le curé. Tous deux sont armés d'une égale impudence[2] ; tous deux ont pour ventre un tonneau : non seulement ils sont gloutons, mais ils sont gourmets ; tous deux se disputeront, à dîner, non seulement la quantité, mais la qualité. Si le poisson est petit, comment faire ? et dans tous les cas une langue de carpe ne peut se partager, et une carpe ne peut avoir deux langues. *Item*[3], tous deux sont bavards ; mais à la rigueur ils peuvent parler ensemble sans s'écouter ni l'un ni l'autre. Déjà maître Bridaine a voulu adresser au jeune Perdican plusieurs questions pédantes, et le gouverneur a froncé le sourcil. Il lui est désagréable qu'un autre que lui semble mettre son élève à l'épreuve. *Item*, ils sont aussi ignorants l'un que l'autre. *Item*, ils sont prêtres tous deux ; l'un se targuera de sa cure, l'autre

1. *Formidables :* terrifiants, redoutables (sens étymologique). \ 2. *Impudence :* manque de prudence. \ 3. *Item :* de même, en outre (adverbe latin utilisé dans les énumérations).

se rengorgera dans sa charge de gouverneur. Maître Blazius confesse le fils, et maître Bridaine le père. Déjà je les vois accoudés sur la table, les joues enflammées, les yeux à fleur de tête, secouer pleins de haine leurs triples mentons. Ils se regardent de la tête aux pieds, ils préludent par de légères escarmouches[1]; bientôt la guerre se déclare; les cuistreries[2] de toute espèce se croisent et s'échangent, et, pour comble de malheur, entre les deux ivrognes s'agite dame Pluche, qui les repousse l'un et l'autre de ses coudes affilés[3].

Maintenant que voilà le dîner[4] fini, on ouvre la grille du château. C'est la compagnie qui sort; retirons-nous à l'écart.

Ils sortent. Entrent le Baron et dame Pluche.

LE BARON. – Vénérable Pluche, je suis peiné.

DAME PLUCHE. – Est-il possible, monseigneur?

LE BARON. – Oui, Pluche, cela est possible. J'avais compté depuis longtemps – j'avais même écrit, noté sur mes tablettes de poche[5], que ce jour devait être le plus agréable de mes jours – oui, bonne dame, le plus agréable. – Vous n'ignorez pas que mon dessein était de marier mon fils avec ma nièce; – cela était résolu, convenu, j'en avais parlé à Bridaine – et je vois, je crois voir, que ces enfants se parlent froidement; ils ne se sont pas dit un mot.

DAME PLUCHE. – Les voilà qui viennent, monseigneur. Sont-ils prévenus de vos projets?

LE BARON. – Je leur en ai touché quelques mots en particulier. Je crois qu'il serait bon, puisque les voilà réunis, de nous asseoir sous cet ombrage propice, et de les laisser ensemble un instant.

Il se retire avec dame Pluche. Entrent Camille et Perdican.

---

1. *Escarmouches :* combats entre des corps détachés ou des tirailleurs; par suite, luttes, chamailleries, petits accrochages. \ **2.** *Cuistreries :* manières, procédés et paroles des pédants. \ **3.** *Affilés :* aiguisés comme le tranchant d'un couteau. \ **4.** *Dîner :* repas de midi (acception ancienne ou régionale). \ **5.** *Tablettes de poche :* carnets de notes, petits livres ou agendas qu'on met en poche.

PERDICAN. – Sais-tu que cela n'a rien de beau, Camille, de m'avoir refusé un baiser !

CAMILLE. – Je suis comme cela ; c'est ma manière.

PERDICAN. – Veux-tu mon bras pour faire un tour dans le village ?

CAMILLE. – Non, je suis lasse.

PERDICAN. – Cela ne te ferait pas plaisir de revoir la prairie ? Te souviens-tu de nos parties sur le bateau ? Viens, nous descendrons jusqu'aux moulins ; je tiendrai les rames, et toi le gouvernail.

CAMILLE. – Je n'en ai nulle envie.

PERDICAN. – Tu me fends l'âme. Quoi ! pas un souvenir, Camille ? Pas un battement de cœur pour notre enfance, pour tout ce pauvre temps passé, si bon, si doux, si plein de niaiseries délicieuses ? Tu ne veux pas venir voir le sentier par où nous allions à la ferme ?

CAMILLE. – Non, pas ce soir.

PERDICAN. – Pas ce soir ? Et quand donc ? Toute notre vie est là.

CAMILLE. – Je ne suis ni assez jeune pour m'amuser de mes poupées, ni assez vieille pour aimer le passé.

PERDICAN. – Comment dis-tu cela [1] ?

CAMILLE. – Je dis que les souvenirs d'enfance ne sont pas de mon goût.

PERDICAN. – Cela t'ennuie ?

CAMILLE. – Oui, cela m'ennuie.

PERDICAN. – Pauvre enfant ! Je te plains sincèrement.

Ils sortent chacun de leur côté.

LE BARON, *rentrant avec dame Pluche.* – Vous le voyez, et vous l'entendez, excellente Pluche ; je m'attendais à la plus suave harmonie, et il me semble assister à un concert où le violon

1. *Comment dis-tu cela ?* : que veux-tu dire ?

joue *Mon cœur soupire*[1], pendant que la flûte joue *Vive Henri IV*[2]. Songez à la discordance affreuse qu'une pareille combinaison produirait. Voilà pourtant ce qui se passe dans mon cœur.

DAME PLUCHE. – Je l'avoue ; il m'est impossible de blâmer Camille, et rien n'est de plus mauvais ton, à mon sens, que les parties de bateau.

LE BARON. – Parlez-vous sérieusement ?

DAME PLUCHE. – Seigneur, une jeune fille qui se respecte ne se hasarde pas sur les pièces d'eau.

LE BARON. – Mais observez donc, dame Pluche, que son cousin doit l'épouser, et que dès lors…

DAME PLUCHE. – Les convenances défendent de tenir un gouvernail, et il est malséant de quitter la terre ferme seule avec un jeune homme.

LE BARON. – Mais je répète… je vous dis…

DAME PLUCHE. – C'est là mon opinion.

LE BARON. – Êtes-vous folle ? En vérité, vous me feriez dire… Il y a certaines expressions que je ne veux pas… qui me répugnent… Vous me donnez envie… En vérité, si je ne me retenais… Vous êtes une pécore[3], Pluche ! je ne sais que penser de vous.

Il sort.

1. *Mon cœur soupire :* romance que chante Chérubin (II, 3) dans *Les Noces de Figaro* de Mozart (1786). **\2.** *Vive Henri IV :* chanson à boire qui figure dans *La Partie de chasse de Henri IV* de Collé, chansonnier à la mode et lecteur du duc d'Orléans, qui contribua au retour en vogue du proverbe dramatique. **\3.** *Pécore :* de l'italien *pecora*, dérivé du latin *pecus* (« bétail »), signifiant femme bête, sotte, prétentieuse.

Scène 4

Une place.
Le Chœur, Perdican

Perdican. – Bonjour, amis. Me reconnaissez-vous ?

Le chœur. – Seigneur, vous ressemblez à un enfant que nous avons beaucoup aimé.

Perdican. – N'est-ce pas vous qui m'avez porté sur votre dos pour passer les ruisseaux de vos prairies, vous qui m'avez fait danser sur vos genoux, qui m'avez pris en croupe sur vos chevaux robustes, qui vous êtes serrés quelquefois autour de vos tables pour me faire une place au souper de la ferme ?

Le chœur. – Nous nous en souvenons, seigneur. Vous étiez bien le plus mauvais garnement et le meilleur garçon de la terre.

Perdican. – Et pourquoi donc alors ne m'embrassez-vous pas, au lieu de me saluer comme un étranger ?

Le chœur. – Que Dieu te bénisse, enfant de nos entrailles ! Chacun de nous voudrait te prendre dans ses bras ; mais nous sommes vieux, monseigneur, et vous êtes un homme.

Perdican. – Oui, il y a dix ans que je ne vous ai vus, et un jour tout change sous le soleil. Je me suis élevé de quelques pieds[1] vers le ciel, et vous vous êtes courbés de quelques pouces[2] vers le tombeau. Vos têtes ont blanchi, vos pas sont devenus plus lents ; vous ne pouvez plus soulever de terre votre enfant d'autrefois. C'est donc à moi d'être votre père, à vous qui avez été les miens.

Le chœur. – Votre retour est un jour plus heureux que votre naissance. Il est plus doux de retrouver ce qu'on aime que d'embrasser un nouveau-né.

---

1. *Pieds :* ancienne mesure de longueur (l'équivalent de 32,4 cm). \ **2.** *Pouces :* ancienne mesure de longueur également (la douzième partie du pied).

PERDICAN. – Voilà donc ma chère vallée ! mes noyers, mes sentiers verts, ma petite fontaine ! voilà mes jours passés encore tout pleins de vie, voilà le monde mystérieux des rêves de mon enfance ! Ô patrie ! patrie, mot incompréhensible ! L'homme n'est-il donc né que pour un coin de terre, pour y bâtir son nid et pour y vivre un jour ?

LE CHŒUR. – On nous a dit que vous êtes un savant, monseigneur.

PERDICAN. – Oui, on me l'a dit aussi. Les sciences sont une belle chose, mes enfants ; ces arbres et ces prairies enseignent à haute voix la plus belle de toutes, l'oubli de ce qu'on sait.

LE CHŒUR. – Il s'est fait plus d'un changement pendant votre absence. Il y a des filles mariées et des garçons partis pour l'armée.

PERDICAN. – Vous me conterez tout cela. Je m'attends bien à du nouveau ; mais en vérité je n'en veux pas encore. Comme ce lavoir est petit ! autrefois il me paraissait immense. J'avais emporté dans ma tête un océan et des forêts, et je retrouve une goutte d'eau et des brins d'herbe. – Quelle est donc cette jeune fille qui chante à sa croisée [1] derrière ces arbres ?

LE CHŒUR. – C'est Rosette, la sœur de lait de votre cousine Camille.

PERDICAN, *s'avançant.* – Descends vite, Rosette, et viens ici.

ROSETTE, *entrant.* – Oui, monseigneur.

PERDICAN. – Tu me voyais de ta fenêtre, et tu ne venais pas, méchante fille ? Donne-moi vite cette main-là et ces joues-là, que je t'embrasse.

ROSETTE. – Oui, monseigneur.

PERDICAN. – Es-tu mariée, petite ? On m'a dit que tu l'étais.

ROSETTE. – Oh ! non.

1. *Croisée :* fenêtre.

PERDICAN. – Pourquoi ? Il n'y a pas dans le village de plus jolie fille que toi. Nous te marierons, mon enfant.

LE CHŒUR. – Monseigneur, elle veut mourir fille[1].

PERDICAN. – Est-ce vrai, Rosette ?

ROSETTE. – Oh ! non.

PERDICAN. – Ta sœur Camille est arrivée. L'as-tu vue ?

ROSETTE. – Elle n'est pas encore venue par ici.

PERDICAN. – Va-t'en vite mettre ta robe neuve, et viens souper au château.

Scène 5

Une salle.
Entrent LE BARON *et* MAÎTRE BLAZIUS.

MAÎTRE BLAZIUS. – Seigneur, j'ai un mot à vous dire ; le curé de la paroisse est un ivrogne.

LE BARON. – Fi donc[2] ! cela ne se peut pas.

MAÎTRE BLAZIUS. – J'en suis certain – il a bu à dîner trois bouteilles de vin.

LE BARON. – Cela est exorbitant.

MAÎTRE BLAZIUS. – Et en sortant de table, il a marché sur les plates-bandes.

LE BARON. – Sur les plates-bandes ? – Je suis confondu ! – Voilà qui est étrange ! – Boire trois bouteilles de vin à dîner ! Marcher sur les plates-bandes ! C'est incompréhensible. – Et pourquoi ne marchait-il pas dans l'allée ?

MAÎTRE BLAZIUS. – Parce qu'il allait de travers.

---

1. *Elle veut mourir fille :* elle refuse de se marier. \ **2.** *Fi donc :* allez donc (interjection marquant le mépris).

LE BARON, *à part.* – Je commence à croire que Bridaine avait raison ce matin. Ce Blazius sent le vin d'une manière horrible.

MAÎTRE BLAZIUS. – De plus, il a mangé beaucoup ; sa parole était embarrassée.

LE BARON. – Vraiment, je l'ai remarqué aussi.

MAÎTRE BLAZIUS. – Il a lâché quelques mots latins ; c'étaient autant de solécismes[1]. Seigneur, c'est un homme dépravé.

LE BARON, *à part.* – Pouah ! ce Blazius a une odeur qui est intolérable. – Apprenez, gouverneur, que j'ai bien autre chose en tête, et que je ne me mêle jamais de ce qu'on boit ni de ce qu'on mange. Je ne suis point un majordome[2].

MAÎTRE BLAZIUS. – À Dieu ne plaise que je vous déplaise, monsieur le Baron. Votre vin est bon.

LE BARON. – Il y a de bon vin dans mes caves.

MAÎTRE BRIDAINE, *entrant.* – Seigneur, votre fils est sur la place, suivi de tous les polissons du village.

LE BARON. – Cela est impossible.

MAÎTRE BRIDAINE. – Je l'ai vu de mes propres yeux. Il ramassait des cailloux pour faire des ricochets.

LE BARON. – Des ricochets ? – Ma tête s'égare, voilà mes idées qui se bouleversent. – Vous me faites un rapport insensé, Bridaine. Il est inouï qu'un docteur fasse des ricochets.

MAÎTRE BRIDAINE. – Mettez-vous à la fenêtre, monseigneur, vous le verrez de vos propres yeux.

LE BARON, *à part.* – Ô ciel ! Blazius a raison ; Bridaine va de travers.

MAÎTRE BRIDAINE. – Regardez, monseigneur, le voilà au bord du lavoir. Il tient sous le bras une jeune paysanne.

LE BARON. – Une jeune paysanne ? Mon fils vient-il ici pour débaucher mes vassales[3] ? Une paysanne sous son bras !

---

1. *Solécismes :* fautes de syntaxe. \ **2.** *Majordome :* maître d'hôtel dans une grande maison. \ **3.** *Vassales :* dans le système féodal, les vassaux jurent fidélité et assistance au seigneur médiéval, dont ils attendent en retour la protection.

et tous les gamins du village autour de lui ! Je me sens hors de moi.

Maître Bridaine. – Cela crie vengeance.

Le Baron. – Tout est perdu ! – perdu sans ressource ! – Je suis perdu : Bridaine va de travers, Blazius sent le vin à faire horreur, et mon fils séduit toutes les filles du village en faisant des ricochets.

Il sort.

Acte II

Scène 1

Un jardin.
Entrent MAÎTRE BLAZIUS *et* PERDICAN.

MAÎTRE BLAZIUS. – Seigneur, votre père est au désespoir.

PERDICAN. – Pourquoi cela ?

MAÎTRE BLAZIUS. – Vous n'ignorez pas qu'il avait formé le projet de vous unir à votre cousine Camille ?

PERDICAN. – Eh bien ? – Je ne demande pas mieux.

MAÎTRE BLAZIUS. – Cependant le baron croit remarquer que vos caractères ne s'accordent pas.

PERDICAN. – Cela est malheureux ; je ne puis refaire le mien.

MAÎTRE BLAZIUS. – Rendrez-vous par là ce mariage impossible ?

PERDICAN. – Je vous répète que je ne demande pas mieux que d'épouser Camille. Allez trouver le baron et dites-lui cela.

MAÎTRE BLAZIUS. – Seigneur, je me retire : voilà votre cousine qui vient de ce côté.

Il sort. Entre Camille.

PERDICAN. – Déjà levée, cousine ? J'en suis toujours pour ce que je t'ai dit hier ; tu es jolie comme un cœur.

CAMILLE. – Parlons sérieusement, Perdican ; votre père veut nous marier. Je ne sais ce que vous en pensez ; mais je crois bien faire en vous prévenant que mon parti est pris là-dessus [1].

PERDICAN. – Tant pis pour moi si je vous déplais.

CAMILLE. – Pas plus qu'un autre ; je ne veux pas me marier : il n'y a rien là dont votre orgueil doive souffrir.

PERDICAN. – L'orgueil n'est pas mon fait ; je n'en estime ni les joies ni les peines.

CAMILLE. – Je suis venue ici pour recueillir le bien de ma mère ; je retourne demain au couvent.

PERDICAN. – Il y a de la franchise dans ta démarche ; touche là [2], et soyons bons amis.

CAMILLE. – Je n'aime pas les attouchements [3].

PERDICAN, *lui prenant la main.* – Donne-moi ta main, Camille, je t'en prie. Que crains-tu de moi ? Tu ne veux pas qu'on nous marie ? Eh bien ! ne nous marions pas ; est-ce une raison pour nous haïr ? Ne sommes-nous pas le frère et la sœur ? Lorsque ta mère a ordonné ce mariage dans son testament, elle a voulu que notre amitié fût éternelle, voilà tout ce qu'elle a voulu. Pourquoi nous marier ? Voilà ta main et voilà la mienne ; et pour qu'elles restent unies ainsi jusqu'au dernier soupir, crois-tu qu'il nous faille un prêtre ? Nous n'avons besoin que de Dieu.

CAMILLE. – Je suis bien aise que mon refus vous soit indifférent.

PERDICAN. – Il ne m'est point indifférent, Camille. Ton amour m'eût donné la vie, mais ton amitié m'en consolera. Ne quitte pas le château demain ; hier, tu as refusé de faire un tour de jardin, parce que tu voyais en moi un mari dont tu ne voulais pas. Reste ici quelques jours, laisse-moi espérer que notre vie passée n'est pas morte à jamais dans ton cœur.

CAMILLE. – Je suis obligée de partir.

---

1. *Mon parti est pris là-dessus :* ma décision est prise sur ce sujet. \ **2.** *Touche là :* mets ta main dans la mienne (signe d'amitié). \ **3.** *Attouchements :* contacts physiques que la morale religieuse condamne.

PERDICAN. – Pourquoi ?

CAMILLE. – C'est mon secret.

PERDICAN. – En aimes-tu un autre que moi ?

CAMILLE. – Non ; mais je veux partir.

PERDICAN. – Irrévocablement ?

CAMILLE. – Oui, irrévocablement.

PERDICAN. – Eh bien ! adieu. J'aurais voulu m'asseoir avec toi sous les marronniers du petit bois, et causer de bonne amitié une heure ou deux. Mais si cela te déplaît, n'en parlons plus ; adieu, mon enfant.

Il sort.

CAMILLE, *à dame Pluche qui entre.* – Dame Pluche, tout est-il prêt ? Partirons-nous demain ? Mon tuteur a-t-il fini ses comptes ?

DAME PLUCHE. – Oui, chère colombe sans tache. Le baron m'a traitée de pécore[1] hier soir, et je suis enchantée de partir.

CAMILLE. – Tenez, voilà un mot d'écrit que vous porterez avant dîner, de ma part, à mon cousin Perdican.

DAME PLUCHE. – Seigneur mon Dieu ! est-ce possible ? Vous écrivez un billet à un homme ?

CAMILLE. – Ne dois-je pas être sa femme ? Je puis bien écrire à mon fiancé.

DAME PLUCHE. – Le seigneur Perdican sort d'ici. Que pouvez-vous lui écrire ? Votre fiancé, miséricorde ! Serait-il vrai que vous oubliez Jésus ?

CAMILLE. – Faites ce que je vous dis, et disposez tout pour notre départ.

Elles sortent.

1. *Pécore :* de l'italien *pecora*, dérivé du latin *pecus* (« bétail »), signifiant femme bête, sotte, prétentieuse.

Scène 2

La salle à manger. On met le couvert.
Entre MAÎTRE BRIDAINE.

MAÎTRE BRIDAINE. – Cela est certain, on lui donnera encore aujourd'hui la place d'honneur. Cette chaise que j'ai occupée si longtemps à la droite du baron sera la proie du gouverneur. Ô malheureux que je suis ! Un âne bâté [1], un ivrogne sans pudeur, me relègue au bas bout [2] de la table ! Le majordome [3] lui versera le premier verre de Malaga [4], et lorsque les plats arriveront à moi, ils seront à moitié froids, et les meilleurs morceaux déjà avalés ; il ne restera plus autour des perdreaux ni choux ni carottes. Ô sainte Église catholique ! Qu'on lui ait donné cette place hier, cela se concevait ; il venait d'arriver ; c'était la première fois, depuis nombre d'années, qu'il s'asseyait à cette table ! Dieu ! comme il dévorait ! Non, rien ne me restera que des os et des pattes de poulet. Je ne souffrirai pas cet affront [5]. Adieu, vénérable fauteuil où je me suis renversé tant de fois gorgé de mets succulents ! Adieu, bouteilles cachetées [6], fumet [7] sans pareil de venaisons [8] cuites à point ! Adieu, table splendide, noble salle à manger, je ne dirai plus le bénédicité [9] ! Je retourne à ma cure [10] ; on ne me verra pas confondu parmi la foule des convives, et j'aime mieux,

1. *Âne bâté :* bête de somme qui tire le fardeau, métaphore de l'ignorance et de l'imbécillité les plus profondes. \ **2.** *Au bas bout :* extrémité de la table où l'on place les convives de moindre qualité et où les plats arrivent en dernier. \ **3.** *Majordome :* maître d'hôtel dans une grande maison. \ **4.** *Malaga :* vin doux d'Espagne. \ **5.** *Je ne souffrirai pas cet affront :* je ne pourrai le supporter. \ **6.** *Bouteilles cachetées :* bonnes bouteilles, scellées par un cachet de cire. \ **7.** *Fumet :* odeur agréable qui s'exhale de la viande ou du poisson durant leur cuisson. \ **8.** *Venaisons :* viandes de gibier nobles par excellence (cerf, chevreuil, sanglier…). \ **9.** *Bénédicité :* prière catholique rituelle en latin, pour bénir préalablement le repas. \ **10.** *Cure :* l'habitation du curé, près de l'église.

comme César, être le premier au village que le second dans Rome[1].

Il sort.

Scène 3

Un champ devant une petite maison.
Entrent ROSETTE *et* PERDICAN.

PERDICAN. – Puisque ta mère n'y est pas, viens faire un tour de promenade.

ROSETTE. – Croyez-vous que cela me fasse du bien, tous ces baisers que vous me donnez ?

PERDICAN. – Quel mal y trouves-tu ? Je t'embrasserais devant ta mère. N'es-tu pas la sœur de Camille ? Ne suis-je pas ton frère comme je suis le sien ?

ROSETTE. – Des mots sont des mots et des baisers sont des baisers. Je n'ai guère d'esprit[2], et je m'en aperçois bien sitôt que je veux dire quelque chose. Les belles dames savent leur affaire[3], selon qu'on leur baise la main droite ou la main gauche ; leurs pères les embrassent sur le front, leurs frères sur la joue, leurs amoureux sur les lèvres ; moi, tout le monde m'embrasse sur les deux joues, et cela me chagrine.

PERDICAN. – Que tu es jolie, mon enfant !

ROSETTE. – Il ne faut pas non plus vous fâcher pour cela. Comme vous paraissez triste ce matin ! Votre mariage est donc manqué ?

1. *J'aime mieux, comme César, être le premier au village que le second dans Rome :* citation attribuée à César par Plutarque dans *Les Vies des hommes illustres*. Le général en chef romain avait déclaré préférer être le premier dans le petit village des Alpes qu'il traversait, plutôt que « le second dans Rome ». \ **2.** *Esprit :* intelligence de ce qu'il faut dire, esprit de répartie. \ **3.** *Les belles dames savent leur affaire :* elles savent ce qu'il en est, elles connaissent les codes.

PERDICAN. – Les paysans de ton village se souviennent de m'avoir aimé ; les chiens de la basse-cour et les arbres du bois s'en souviennent aussi, mais Camille ne s'en souvient pas. Et toi, Rosette, à quand le mariage ?

ROSETTE. – Ne parlons pas de cela, voulez-vous ? Parlons du temps qu'il fait, de ces fleurs que voilà, de vos chevaux et de mes bonnets[1].

PERDICAN. – De tout ce qui te plaira, de tout ce qui peut passer sur tes lèvres sans leur ôter ce sourire céleste que je respecte plus que ma vie.

Il l'embrasse.

ROSETTE. – Vous respectez mon sourire, mais vous ne respectez guère mes lèvres, à ce qu'il me semble[2]. Regardez donc, voilà une goutte de pluie qui me tombe sur la main, et cependant le ciel est pur.

PERDICAN. – Pardonne-moi.

ROSETTE. – Que vous ai-je fait, pour que vous pleuriez ?

Ils sortent.

Scène 4

Au château.
Entrent MAÎTRE BLAZIUS *et* LE BARON.

MAÎTRE BLAZIUS. – Seigneur, j'ai une chose singulière à vous dire. Tout à l'heure, j'étais par hasard dans l'office[3], je veux

1. *Bonnets :* coiffes de toile empesée, portées par les paysannes. \ 2. *Vous respectez mon sourire, mais vous ne respectez guère mes lèvres, à ce qu'il me semble :* la réplique fut modifiée pour la première représentation de 1861 en : « Vous respectez mon sourire, mais vous ne respectez que cela ». \ 3. *Office :* pièce placée près de la salle à manger, où l'on prépare le service de la table et où se trouvent donc des boissons, des mets.

dire dans la galerie[1] – qu'aurais-je été faire dans l'office ? – J'étais donc dans la galerie : j'avais trouvé par accident une bouteille, je veux dire une carafe d'eau – comment aurais-je trouvé une bouteille dans la galerie ? – J'étais donc en train de boire un coup de vin, je veux dire un verre d'eau, pour passer le temps, et je regardais par la fenêtre, entre deux vases de fleurs qui me paraissaient d'un goût moderne, bien qu'ils soient imités de l'étrusque[2]...

LE BARON. – Quelle insupportable manière de parler vous avez adoptée, Blazius ! Vos discours sont inexplicables.

MAÎTRE BLAZIUS. – Écoutez-moi, seigneur, prêtez-moi un moment d'attention. Je regardais donc par la fenêtre. – Ne vous impatientez pas, au nom du ciel ! Il y va de l'honneur de la famille.

LE BARON. – De la famille ! Voilà qui est incompréhensible. De l'honneur de la famille, Blazius ! Savez-vous que nous sommes trente-sept mâles, et presque autant de femmes, tant à Paris qu'en province ?

MAÎTRE BLAZIUS. – Permettez-moi de continuer. Tandis que je buvais un coup de vin, je veux dire un verre d'eau, pour chasser la digestion tardive, imaginez que j'ai vu passer sous la fenêtre dame Pluche hors d'haleine.

LE BARON. – Pourquoi hors d'haleine, Blazius ? Ceci est insolite.

MAÎTRE BLAZIUS. – Et à côté d'elle, rouge de colère, votre nièce Camille.

LE BARON. – Qui était rouge de colère, ma nièce, ou madame Pluche ?

MAÎTRE BLAZIUS. – Votre nièce, seigneur.

---

1. *Galerie :* corridor, allée ou, dans un château, grande salle où peuvent être exposés tableaux et œuvres d'art. \ **2.** *Étrusque :* au XIXe siècle, on attribuait aux Étrusques (peuple qui a précédé les Romains en Italie) la fabrication des vases grecs découverts en Toscane.

Le Baron. – Ma nièce rouge de colère ! Cela est inouï ! Et comment savez-vous que c'était de colère ? Elle pouvait être rouge pour mille raisons ; elle avait sans doute poursuivi quelques papillons dans mon parterre.

Maître Blazius. – Je ne puis rien affirmer là-dessus ; cela se peut ; mais elle s'écriait avec force : « Allez-y ! Trouvez-le ! Faites ce qu'on vous dit ! Vous êtes une sotte ! Je le veux ! » Et elle frappait avec son éventail sur le coude de dame Pluche, qui faisait un soubresaut dans la luzerne à chaque exclamation.

Le Baron. – Dans la luzerne ?... Et que répondait la gouvernante aux extravagances de ma nièce ? Car cette conduite mérite d'être qualifiée ainsi.

Maître Blazius. – La gouvernante répondait : « Je ne veux pas y aller ! Je ne l'ai pas trouvé ! Il fait la cour aux filles du village, à des gardeuses de dindons. Je suis trop vieille pour commencer à porter des messages d'amour ; grâce à Dieu, j'ai vécu les mains pures jusqu'ici » – et, tout en parlant, elle froissait dans ses mains un petit papier plié en quatre.

Le Baron. – Je n'y comprends rien ; mes idées s'embrouillent tout à fait. Quelle raison pouvait avoir dame Pluche pour froisser un papier plié en quatre en faisant des soubresauts dans une luzerne ? Je ne puis ajouter foi à de pareilles monstruosités.

Maître Blazius. – Ne comprenez-vous pas clairement, seigneur, ce que cela signifiait ?

Le Baron. – Non, en vérité, non, mon ami, je n'y comprends absolument rien. Tout cela me paraît une conduite désordonnée, il est vrai, mais sans motif comme sans excuse.

Maître Blazius. – Cela veut dire que votre nièce a une correspondance secrète.

Le Baron. – Que dites-vous ? Songez-vous de qui vous parlez ? Pesez vos paroles, monsieur l'abbé.

MAÎTRE BLAZIUS. – Je les pèserais dans la balance céleste qui doit peser mon âme au jugement dernier, que je n'y trouverais pas un mot qui sente la fausse monnaie. Votre nièce a une correspondance secrète.

LE BARON. – Mais songez donc, mon ami, que cela est impossible.

MAÎTRE BLAZIUS. – Pourquoi aurait-elle chargé sa gouvernante d'une lettre ? Pourquoi aurait-elle crié : « Trouvez-le ! » tandis que l'autre boudait et rechignait ?

LE BARON. – Et à qui était adressée la lettre ?

MAÎTRE BLAZIUS. – Voilà précisément le *hic*, monseigneur, *hic jacet lepus*[1]. À qui était adressée cette lettre ? À un homme qui fait la cour à une gardeuse de dindons. Or, un homme qui recherche en public une gardeuse de dindons peut être soupçonné violemment d'être né pour les garder lui-même. Cependant il est impossible que votre nièce, avec l'éducation qu'elle a reçue, soit éprise d'un pareil homme ; voilà ce que je dis, et ce qui fait que je n'y comprends rien non plus que vous, révérence parler[2].

LE BARON. – Ô ciel ! ma nièce m'a déclaré ce matin même qu'elle refusait son cousin Perdican. Aimerait-elle un gardeur de dindons ? Passons dans mon cabinet ; j'ai éprouvé depuis hier des secousses si violentes, que je ne puis rassembler mes idées.

Ils sortent.

1. *Hic jacet lepus* : locution latine signifiant littéralement « ici gît le lièvre », c'est-à-dire « là réside la difficulté ». « Voilà le *hic* » commence à devenir une expression familière au XIXe siècle. On dit encore « lever le lièvre » pour signifier la découverte d'un fait curieux.

2. *Révérence parler* : si je puis dire, sauf votre respect (formule utilisée pour s'excuser de prononcer des paroles choquantes).

Scène 5

Une fontaine dans un bois.
Entre PERDICAN *lisant un billet.*

PERDICAN. – « Trouvez-vous à midi à la petite fontaine. » Que veut dire cela ? tant de froideur, un refus si positif[1], si cruel, un orgueil si insensible, et un rendez-vous par-dessus tout ? Si c'est pour me parler d'affaires, pourquoi choisir un pareil endroit ? Est-ce une coquetterie[2] ? Ce matin, en me promenant avec Rosette, j'ai entendu remuer dans les broussailles, et il m'a semblé que c'était un pas de biche. Y a-t-il ici quelque intrigue ?

Entre Camille.

CAMILLE. – Bonjour, cousin ; j'ai cru m'apercevoir, à tort ou à raison, que vous me quittiez tristement ce matin. Vous m'avez pris la main malgré moi, je viens vous demander de me donner la vôtre. Je vous ai refusé un baiser, le voilà. (*Elle l'embrasse.*) Maintenant, vous m'avez dit que vous seriez bien aise de causer de bonne amitié. Asseyez-vous là, et causons.

Elle s'assoit.

PERDICAN. – Avais-je fait un rêve, ou en fais-je un autre en ce moment ?

CAMILLE. – Vous avez trouvé singulier de recevoir un billet de moi, n'est-ce pas ? Je suis d'humeur changeante ; mais vous m'avez dit ce matin un mot très juste : « Puisque nous nous quittons, quittons-nous bons amis. » Vous ne savez pas la raison pour laquelle je pars, et je viens vous la dire : je vais prendre le voile.

PERDICAN. – Est-ce possible ? Est-ce toi, Camille, que je vois

1. *Positif :* clair, manifeste. \ 2. *Coquetterie :* manège, manigance de coquette.

dans cette fontaine, assise sur les marguerites, comme aux jours d'autrefois ?

CAMILLE. – Oui, Perdican, c'est moi. Je viens revivre un quart d'heure de la vie passée. Je vous ai paru brusque et hautaine ; cela est tout simple, j'ai renoncé au monde. Cependant, avant de le quitter, je serais bien aise d'avoir votre avis. Trouvez-vous que j'aie raison de me faire religieuse ?

PERDICAN. – Ne m'interrogez pas là-dessus, car je ne me ferai jamais moine.

CAMILLE. – Depuis près de dix ans que nous avons vécu éloignés l'un de l'autre, vous avez commencé l'expérience de la vie. Je sais quel homme vous êtes, et vous devez avoir beaucoup appris en peu de temps avec un cœur et un esprit comme les vôtres. Dites-moi, avez-vous eu des maîtresses ?

PERDICAN. – Pourquoi cela ?

CAMILLE. – Répondez-moi, je vous en prie, sans modestie et sans fatuité.

PERDICAN. – J'en ai eu.

CAMILLE. – Les avez-vous aimées ?

PERDICAN. – De tout mon cœur.

CAMILLE. – Où sont-elles maintenant ? Le savez-vous ?

PERDICAN. – Voilà, en vérité, des questions singulières. Que voulez-vous que je vous dise ? Je ne suis ni leur mari ni leur frère ; elles sont allées où bon leur a semblé.

CAMILLE. – Il doit nécessairement y en avoir une que vous ayez préférée aux autres. Combien de temps avez-vous aimé celle que vous avez aimée le mieux ?

PERDICAN. – Tu es une drôle de fille ! Veux-tu te faire mon confesseur ?

CAMILLE. – C'est une grâce que je vous demande, de me répondre sincèrement. Vous n'êtes point un libertin [1], et je

1. *Libertin :* qui ne s'assujettit ni aux croyances ni aux pratiques de la religion ; par suite, homme immoral, débauché.

crois que votre cœur a de la probité[1]. Vous avez dû inspirer l'amour, car vous le méritez, et vous ne vous seriez pas livré à un caprice. Répondez-moi, je vous en prie.

Perdican. – Ma foi, je ne m'en souviens pas.

Camille. – Connaissez-vous un homme qui n'ait aimé qu'une femme ?

Perdican. – Il y en a certainement.

Camille. – Est-ce un de vos amis ? Dites-moi son nom.

Perdican. – Je n'ai pas de nom à vous dire ; mais je crois qu'il y a des hommes capables de n'aimer qu'une fois.

Camille. – Combien de fois un honnête homme peut-il aimer ?

Perdican. – Veux-tu me faire réciter une litanie[2], ou récites-tu toi-même un catéchisme[3] ?

Camille. – Je voudrais m'instruire, et savoir si j'ai tort ou raison de me faire religieuse. Si je vous épousais, ne devriez-vous pas répondre avec franchise à toutes mes questions, et me montrer votre cœur à nu ? Je vous estime beaucoup, et je vous crois, par votre éducation et par votre nature, supérieur à beaucoup d'autres hommes. Je suis fâchée que vous ne vous souveniez plus de ce que je vous demande ; peut-être en vous connaissant mieux je m'enhardirais[4].

Perdican. – Où veux-tu en venir ? Parle ; je répondrai.

Camille. – Répondez donc à ma première question. Ai-je raison de rester au couvent ?

Perdican. – Non.

Camille. – Je ferais donc mieux de vous épouser ?

Perdican. – Oui.

Camille. – Si le curé de votre paroisse soufflait sur un verre

---

1. *Probité :* honnêteté. \ 2. *Litanie :* prière formée d'une succession d'invocations, souvent chantées, en l'honneur de Dieu, de la Vierge et des saints ; par suite, et au sens figuré, énumération fastidieuse, répétition lassante. \ 3. *Catéchisme :* instruction religieuse, sous forme de questions-réponses à savoir par cœur ; livre contenant cette instruction ; par suite, leçon apprise et récitée mécaniquement. \ 4. *Je m'enhardirais :* je deviendrais hardi, j'oserais.

d'eau, et vous disait que c'est un verre de vin, le boiriez-vous comme tel[1] ?

PERDICAN. – Non.

CAMILLE. – Si le curé de votre paroisse soufflait sur vous, et me disait que vous m'aimerez toute votre vie, aurais-je raison de le croire ?

PERDICAN. – Oui et non.

CAMILLE. – Que me conseilleriez-vous de faire le jour où je verrais que vous ne m'aimez plus ?

PERDICAN. – De prendre un amant.

CAMILLE. – Que ferai-je ensuite le jour où mon amant ne m'aimera plus ?

PERDICAN. – Tu en prendras un autre.

CAMILLE. – Combien de temps cela durera-t-il ?

PERDICAN. – Jusqu'à ce que tes cheveux soient gris, et alors les miens seront blancs.

CAMILLE. – Savez-vous ce que c'est que les cloîtres, Perdican ? Vous êtes-vous jamais assis un jour entier sur le banc d'un monastère de femmes ?

PERDICAN. – Oui, je m'y suis assis.

CAMILLE. – J'ai pour amie une sœur qui n'a que trente ans, et qui a eu cinq cent mille livres de revenu à l'âge de quinze ans. C'est la plus belle et la plus noble créature qui ait marché sur terre. Elle était pairesse du parlement[2], et avait pour mari un des hommes les plus distingués de France. Aucune des nobles facultés humaines n'était restée sans culture en elle, et comme

1. *Si le curé de votre paroisse soufflait sur un verre d'eau, et vous disait que c'est un verre de vin, le boiriez-vous comme tel ? :* allusion au premier miracle accompli par Jésus-Christ en Galilée qui, assistant aux noces de Cana, changea l'eau en vin (Évangile selon saint Jean, II, 1-11). \ 2. *Pairesse du parlement :* un tel titre est fort peu usité en France à l'époque, où il ne peut désigner que l'épouse d'un membre de la Chambre des pairs, une des deux assemblées législatives. Il s'agirait plutôt ici d'un titre de noblesse anglais, Musset empruntant aux souvenirs de George Sand, pensionnaire au couvent des Dames Augustines anglaises de 1818 à 1820.

un arbrisseau d'une sève choisie, tous ses bourgeons avaient donné des ramures. Jamais l'amour et le bonheur ne poseront leur couronne fleurie sur un front plus beau ; son mari l'a trompée ; elle a aimé un autre homme, et elle se meurt de désespoir.

PERDICAN. – Cela est possible.

CAMILLE. – Nous habitons la même cellule, et j'ai passé des nuits entières à parler de ses malheurs ; ils sont presque devenus les miens ; cela est singulier, n'est-ce pas ? Je ne sais trop comment cela se fait. Quand elle me parlait de son mariage, quand elle me peignait d'abord l'ivresse des premiers jours, puis la tranquillité des autres, et comme enfin tout s'était envolé ; comme elle était assise le soir au coin du feu, et lui auprès de la fenêtre, sans se dire un seul mot ; comme leur amour avait langui, et comme tous les efforts pour se rapprocher n'aboutissaient qu'à des querelles ; comme une figure étrangère est venue peu à peu se placer entre eux et se glisser dans leurs souffrances, c'était moi que je voyais agir tandis qu'elle parlait. Quand elle disait : « Là, j'ai été heureuse », mon cœur bondissait ; et quand elle ajoutait : « Là, j'ai pleuré », mes larmes coulaient. Mais figurez-vous quelque chose de plus singulier encore ; j'avais fini par me créer une vie imaginaire ; cela a duré quatre ans ; il est inutile de vous dire par combien de réflexions, de retours sur moi-même, tout cela est venu. Ce que je voulais vous raconter comme une curiosité, c'est que tous les récits de Louise[1], toutes les fictions de mes rêves portaient votre ressemblance.

PERDICAN. – Ma ressemblance, à moi ?

CAMILLE. – Oui, et cela est naturel : vous étiez le seul homme que j'eusse connu. En vérité, je vous ai aimé, Perdican.

---

1. *Louise :* ce personnage rappelle singulièrement sœur Marie-Xavier, une religieuse évoquée par George Sand, dans *Histoire de ma vie* (IIIe partie, chapitre XII).

PERDICAN. – Quel âge as-tu, Camille ?

CAMILLE. – Dix-huit ans.

PERDICAN. – Continue, continue ; j'écoute.

CAMILLE. – Il y a deux cents femmes dans notre couvent ; un petit nombre de ces femmes ne connaîtra jamais la vie, et tout le reste attend la mort. Plus d'une parmi elles sont sorties du monastère comme j'en sors aujourd'hui, vierges et pleines d'espérances. Elles sont revenues peu de temps après, vieilles et désolées. Tous les jours il en meurt dans nos dortoirs, et tous les jours il en vient de nouvelles prendre la place des mortes sur les matelas de crin. Les étrangers qui nous visitent admirent le calme et l'ordre de la maison ; ils regardent attentivement la blancheur de nos voiles ; mais ils se demandent pourquoi nous les rabaissons sur nos yeux. Que pensez-vous de ces femmes, Perdican ? Ont-elles tort, ou ont-elles raison ?

PERDICAN. – Je n'en sais rien.

CAMILLE. – Il s'en est trouvé quelques-unes qui me conseillent de rester vierge. Je suis bien aise de vous consulter. Croyez-vous que ces femmes-là auraient mieux fait de prendre un amant et de me conseiller d'en faire autant ?

PERDICAN. – Je n'en sais rien.

CAMILLE. – Vous aviez promis de me répondre.

PERDICAN. – J'en suis dispensé tout naturellement ; je ne crois pas que ce soit toi qui parles.

CAMILLE. – Cela se peut, il doit y avoir dans toutes mes idées des choses très ridicules. Il se peut bien qu'on m'ait fait la leçon, et que je ne sois qu'un perroquet mal appris. Il y a dans la galerie un petit tableau qui représente un moine courbé sur un missel[1] ; à travers les barreaux obscurs de sa cellule glisse un faible rayon de soleil, et on aperçoit une locanda[2]

---

1. *Missel :* livre de prières pour la messe. \ **2.** *Locanda :* auberge en italien.

italienne, devant laquelle danse un chevrier. Lequel de ces deux hommes estimez-vous davantage ?

PERDICAN. – Ni l'un ni l'autre et tous les deux. Ce sont deux hommes de chair et d'os ; il y en a un qui lit et un autre qui danse ; je n'y vois pas autre chose. Tu as raison de te faire religieuse.

CAMILLE. – Vous me disiez non tout à l'heure.

PERDICAN. – Ai-je dit non ? Cela est possible.

CAMILLE. – Ainsi vous me le conseillez ?

PERDICAN. – Ainsi tu ne crois à rien ?

CAMILLE. – Lève la tête, Perdican ! Quel est l'homme qui ne croit à rien ?

PERDICAN, *se levant.* – En voilà un ; je ne crois pas à la vie immortelle. – Ma sœur chérie, les religieuses t'ont donné leur expérience ; mais, crois-moi, ce n'est pas la tienne ; tu ne mourras pas sans aimer.

CAMILLE. – Je veux aimer, mais je ne veux pas souffrir ; je veux aimer d'un amour éternel, et faire des serments qui ne se violent pas. Voilà mon amant.

Elle montre son crucifix.

PERDICAN. – Cet amant-là n'exclut pas les autres.

CAMILLE. – Pour moi, du moins, il les exclura. Ne souriez pas, Perdican ! Il y a dix ans que je ne vous ai vu, et je pars demain. Dans dix autres années, si nous nous revoyons, nous en reparlerons. J'ai voulu ne pas rester dans votre souvenir comme une froide statue, car l'insensibilité mène au point où j'en suis. Écoutez-moi, retournez à la vie, et tant que vous serez heureux, tant que vous aimerez comme on peut aimer sur la terre, oubliez votre sœur Camille ; mais s'il vous arrive jamais d'être oublié ou d'oublier vous-même, si l'ange de l'espérance vous abandonne, lorsque vous serez seul avec le vide dans le cœur, pensez à moi qui prierai pour vous.

PERDICAN. – Tu es une orgueilleuse ; prends garde à toi.

CAMILLE. – Pourquoi ?

PERDICAN. – Tu as dix-huit ans, et tu ne crois pas à l'amour ?

CAMILLE. – Y croyez-vous, vous qui parlez ? Vous voilà courbé près de moi avec des genoux qui se sont usés sur les tapis de vos maîtresses, et vous n'en savez plus le nom. Vous avez pleuré des larmes de joie et des larmes de désespoir ; mais vous saviez que l'eau des sources est plus constante que vos larmes, et qu'elle serait toujours là pour laver vos paupières gonflées. Vous faites votre métier de jeune homme, et vous souriez quand on vous parle de femmes désolées ; vous ne croyez pas qu'on puisse mourir d'amour, vous qui vivez et qui avez aimé. Qu'est-ce donc que le monde [1] ? Il me semble que vous devez cordialement mépriser les femmes qui vous prennent tel que vous êtes, et qui chassent leur dernier amant pour vous attirer dans leurs bras avec les baisers d'une autre sur les lèvres. Je vous demandais tout à l'heure si vous aviez aimé ; vous m'avez répondu comme un voyageur à qui l'on demanderait s'il a été en Italie ou en Allemagne, et qui dirait : « Oui, j'y ai été » ; puis qui penserait à aller en Suisse, ou dans le premier pays venu. Est-ce donc une monnaie que votre amour, pour qu'il puisse passer ainsi de mains en mains jusqu'à la mort ? Non, ce n'est pas même une monnaie, car la plus mince pièce d'or vaut mieux que vous, et, dans quelques mains qu'elle passe [2], elle garde son effigie.

PERDICAN. – Que tu es belle, Camille, lorsque tes yeux s'animent !

CAMILLE. – Oui, je suis belle, je le sais. Les complimenteurs ne m'apprendront rien ; la froide nonne qui coupera mes cheveux pâlira peut-être de sa mutilation ; mais ils ne se

1. *Le monde :* la vie profane, ancrée dans le siècle, par opposition à la vie monastique.
2. *Dans quelques mains qu'elle passe :* quelles que soient les mains où elle passe.

changeront pas en bagues et en chaînes[1] pour courir les boudoirs[2] ; il n'en manquera pas un seul sur ma tête lorsque le fer y passera ; je ne veux qu'un coup de ciseau, et quand le prêtre qui me bénira me mettra au doigt l'anneau d'or de mon époux céleste, la mèche de cheveux que je lui donnerai pourra lui servir de manteau.

PERDICAN. – Tu es en colère, en vérité.

CAMILLE. – J'ai eu tort de parler ; j'ai ma vie entière sur les lèvres. Ô Perdican ! ne raillez pas ; tout cela est triste à mourir.

PERDICAN. – Pauvre enfant, je te laisse dire, et j'ai bien envie de te répondre un mot. Tu me parles d'une religieuse qui me paraît avoir eu sur toi une influence funeste ; tu dis qu'elle a été trompée, qu'elle a trompé elle-même, et qu'elle est désespérée. Es-tu sûre que si son mari ou son amant revenait lui tendre la main à travers la grille du parloir, elle ne lui tendrait pas la sienne ?

CAMILLE. – Qu'est-ce que vous dites ? J'ai mal entendu.

PERDICAN. – Es-tu sûre que si son mari ou son amant revenait lui dire de souffrir encore, elle répondrait non ?

CAMILLE. – Je le crois.

PERDICAN. – Il y a deux cents femmes dans ton monastère, et la plupart ont au fond du cœur des blessures profondes ; elles te les ont fait toucher, et elles ont coloré ta pensée virginale des gouttes de leur sang. Elles ont vécu, n'est-ce pas ? et elles t'ont montré avec horreur la route de leur vie ; tu t'es signée[3] devant leurs cicatrices, comme devant les plaies de Jésus ; elles t'ont fait une place dans leurs processions[4] lugubres,

1. *En bagues et en chaînes :* à l'époque, la mode galante voulait qu'on offrît ses cheveux en gage d'amour, notamment en les enfermant dans des médaillons. \ **2.** *Boudoir :* petit salon élégant où la maîtresse de maison reçoit des intimes. Le mot connote une forme de libertinage mondain. \ **3.** *Tu t'es signée :* tu as fais le signe de croix. \ **4.** *Procession :* marche solennelle à l'intérieur de l'église ou au dehors, en chantant des hymnes, des psaumes ou des litanies.

et tu te serres contre ces corps décharnés avec une crainte religieuse, lorsque tu vois passer un homme. Es-tu sûre que si l'homme qui passe était celui qui les a trompées, celui pour qui elles pleurent et elles souffrent, celui qu'elles maudissent en priant Dieu, es-tu sûre qu'en le voyant elles ne briseraient pas leurs chaînes pour courir à leurs malheurs passés, et pour presser leurs poitrines sanglantes sur le poignard qui les a meurtries ? Ô mon enfant ! sais-tu les rêves de ces femmes qui te disent de ne pas rêver ? Sais-tu quel nom elles murmurent quand les sanglots qui sortent de leurs lèvres font trembler l'hostie qu'on leur présente ? Elles qui s'assoient près de toi avec leurs têtes branlantes pour verser dans ton oreille leur vieillesse flétrie, elles qui sonnent dans les ruines de ta jeunesse le tocsin[1] de leur désespoir, et qui font sentir à ton sang vermeil la fraîcheur de leurs tombes, sais-tu qui elles sont ?

CAMILLE. – Vous me faites peur ; la colère vous prend aussi.

PERDICAN. – Sais-tu ce que c'est que des nonnes, malheureuse fille ? Elles qui te représentent l'amour des hommes comme un mensonge, savent-elles qu'il y a pis[2] encore, le mensonge de l'amour divin ? Savent-elles que c'est un crime qu'elles font, de venir chuchoter à une vierge des paroles de femmes ? Ah ! comme elles t'ont fait la leçon ! Comme j'avais prévu tout cela quand tu t'es arrêtée devant le portrait de notre vieille tante ! Tu voulais partir sans me serrer la main ; tu ne voulais revoir ni ce bois ni cette pauvre petite fontaine qui nous regarde toute en larmes ; tu reniais les jours de ton enfance, et le masque de plâtre que les nonnes t'ont plaqué sur les joues me refusait un baiser de frère ; mais ton cœur a battu ; il a oublié sa leçon, lui qui ne sait pas lire, et tu es revenue t'asseoir sur l'herbe où nous voilà. Eh bien ! Camille,

1. *Tocsin :* sonnerie de cloche répétée, à valeur d'alerte ou de deuil. \ **2.** *Pis :* pire.

ces femmes ont bien parlé ; elles t'ont mise dans le vrai chemin ; il pourra m'en coûter le bonheur de ma vie ; mais dis-leur cela de ma part : le ciel n'est pas pour elles.

CAMILLE. – Ni pour moi, n'est-ce pas ?

PERDICAN. – Adieu, Camille, retourne à ton couvent, et lorsqu'on te fera de ces récits hideux qui t'ont empoisonnée, réponds ce que je vais te dire : Tous les hommes sont menteurs, inconstants, faux, bavards, hypocrites, orgueilleux et lâches, méprisables et sensuels ; toutes les femmes sont perfides, artificieuses [1], vaniteuses, curieuses et dépravées ; le monde n'est qu'un égout sans fond où les phoques les plus informes rampent et se tordent sur des montagnes de fange [2] ; mais il y a au monde une chose sainte et sublime, c'est l'union de deux de ces êtres si imparfaits et si affreux. On est souvent trompé en amour, souvent blessé et souvent malheureux ; mais on aime, et quand on est sur le bord de sa tombe, on se retourne pour regarder en arrière, et on se dit : « J'ai souffert souvent, je me suis trompé quelquefois, mais j'ai aimé. C'est moi qui ai vécu, et non pas un être factice créé par mon orgueil et mon ennui [3]. »

Il sort.

1. *Artificieuses :* trompeuses, rusées, hypocrites. \ **2.** *Fange :* boue, au sens moral, symbole de souillure, de corruption. \ **3.** *C'est moi qui ai vécu, et non pas un être factice créé par mon orgueil et mon ennui :* la fin de la réplique est tirée d'une lettre de George Sand, datant du 12 mai 1834 : « mais ton cœur, ton bon cœur, ne le tue pas, je t'en prie ! Qu'il se mette en entier ou en partie dans toutes les amours de ta vie, mais qu'il y joue toujours son rôle noble, afin qu'un jour tu puisses regarder en arrière et dire comme moi : *J'ai souffert souvent, je me suis trompé quelquefois, mais j'ai aimé. C'est moi qui ai vécu, et non pas un être factice, créé par mon orgueil et mon ennui* ».

Acte III

Scène 1

Devant le château.
Entrent LE BARON *et* MAÎTRE BLAZIUS.

LE BARON. – Indépendamment de votre ivrognerie, vous êtes un bélître[1], maître Blazius. Mes valets vous voient entrer furtivement dans l'office[2], et quand vous êtes convaincu d'avoir volé mes bouteilles de la manière la plus pitoyable, vous croyez vous justifier en accusant ma nièce d'une correspondance secrète.

MAÎTRE BLAZIUS. – Mais, monseigneur, veuillez vous rappeler…

LE BARON. – Sortez, monsieur l'abbé, et ne reparaissez jamais devant moi ; il est déraisonnable d'agir comme vous faites, et ma gravité m'oblige à ne vous pardonner de ma vie.

Il sort ; maître Blazius le suit. Entre Perdican.

PERDICAN. – Je voudrais bien savoir si je suis amoureux. D'un côté, cette manière d'interroger est tant soit peu cavalière[3], pour une fille de dix-huit ans ; d'un autre, les idées que ces nonnes lui ont fourrées dans la tête auront de la peine à se

---

1. *Bélître :* après avoir signifié « mendiant, gueux », le mot s'emploie depuis le XVIIe siècle pour dire « coquin et sot ». \ 2. *Office :* pièce placée près de la salle à manger, où l'on prépare le service de la table et où se trouvent donc des boissons, des mets. \ 3. *Cavalière :* aisée, dégagée, brusque, inconvenante, trop leste.

corriger. De plus, elle doit partir aujourd'hui. Diable ! je l'aime, cela est sûr. Après tout, qui sait ? peut-être elle répétait une leçon, et d'ailleurs il est clair qu'elle ne se soucie pas de moi. D'une autre part, elle a beau être jolie, cela n'empêche pas qu'elle n'ait des manières beaucoup trop décidées, et un ton trop brusque. Je n'ai qu'à n'y plus penser ; il est clair que je ne l'aime pas. Cela est certain qu'elle est jolie ; mais pourquoi cette conversation d'hier ne veut-elle pas me sortir de la tête ? En vérité, j'ai passé la nuit à radoter. – Où vais-je donc ? – Ah ! je vais au village.

Il sort.

Scène 2

Un chemin.
Entre Maître Bridaine.

Maître Bridaine. – Que font-ils maintenant ? Hélas ! voilà midi. – Ils sont à table. Que mangent-ils ? que ne mangent-ils pas ? J'ai vu la cuisinière traverser le village avec un énorme dindon. L'aide portait les truffes, avec un panier de raisins.

Entre maître Blazius.

Maître Blazius. – Ô disgrâce imprévue ! me voilà chassé du château, par conséquent de la salle à manger. Je ne boirai plus le vin de l'office.

Maître Bridaine. – Je ne verrai plus fumer les plats ; je ne chaufferai plus au feu de la noble cheminée mon ventre copieux.

Maître Blazius. – Pourquoi une fatale curiosité m'a-t-elle poussé à écouter le dialogue de dame Pluche et de la nièce ? Pourquoi ai-je rapporté au Baron tout ce que j'avais vu ?

MAÎTRE BRIDAINE. – Pourquoi un vain orgueil m'a-t-il éloigné de ce dîner honorable, où j'étais si bien accueilli ? Que m'importait d'être à droite ou à gauche ?

MAÎTRE BLAZIUS. – Hélas ! j'étais gris[1], il faut en convenir, lorsque j'ai fait cette folie.

MAÎTRE BRIDAINE. – Hélas ! le vin m'avait monté la tête quand j'ai commis cette imprudence.

MAÎTRE BLAZIUS. – Il me semble que voilà le curé.

MAÎTRE BRIDAINE. – C'est le gouverneur en personne.

MAÎTRE BLAZIUS. – Oh ! oh ! monsieur le curé, que faites-vous là ?

MAÎTRE BRIDAINE. – Moi ! je vais dîner[2]. N'y venez-vous pas ?

MAÎTRE BLAZIUS. – Pas aujourd'hui. Hélas ! maître Bridaine, intercédez pour moi ; le Baron m'a chassé. J'ai accusé faussement mademoiselle Camille d'avoir une correspondance secrète, et cependant Dieu m'est témoin que j'ai vu ou que j'ai cru voir dame Pluche dans la luzerne. Je suis perdu, monsieur le curé.

MAÎTRE BRIDAINE. – Que m'apprenez-vous là ?

MAÎTRE BLAZIUS. – Hélas ! hélas ! la vérité. Je suis en disgrâce complète pour avoir volé une bouteille.

MAÎTRE BRIDAINE. – Que parlez-vous, messire, de bouteilles volées à propos d'une luzerne et d'une correspondance ?

MAÎTRE BLAZIUS. – Je vous supplie de plaider ma cause. Je suis honnête, seigneur Bridaine. Ô digne seigneur Bridaine, je suis votre serviteur !

MAÎTRE BRIDAINE, *à part.* – Ô fortune[3] ! est-ce un rêve ? Je serai donc assis sur toi, ô chaise bienheureuse !

MAÎTRE BLAZIUS. – Je vous serai reconnaissant d'écouter mon histoire, et de vouloir bien m'excuser, brave seigneur, cher curé.

---

1. *Gris :* saoul, ivre. \ **2.** *Dîner :* manger (pour le repas de midi). \ **3.** *Fortune :* chance, hasard heureux.

MAÎTRE BRIDAINE. – Cela m'est impossible, monsieur ; il est midi sonné, et je m'en vais dîner. Si le Baron se plaint de vous, c'est votre affaire. Je n'intercède point pour un ivrogne. (*À part.*) Vite, volons à la grille ; et toi, mon ventre, arrondis-toi.

Il sort en courant.

MAÎTRE BLAZIUS, *seul.* – Misérable Pluche ! c'est toi qui payeras pour tous ; oui, c'est toi qui es la cause de ma ruine, femme déhontée[1], vile entremetteuse[2], c'est à toi que je dois cette disgrâce. Ô sainte Université de Paris ! on me traite d'ivrogne ! Je suis perdu si je ne saisis une lettre, et si je ne prouve au Baron que sa nièce a une correspondance. Je l'ai vue ce matin écrire à son bureau. Patience ! voici du nouveau. (*Passe dame Pluche portant une lettre.*) Pluche, donnez-moi cette lettre.

DAME PLUCHE. – Que signifie cela ? C'est une lettre de ma maîtresse que je vais mettre à la poste au village.

MAÎTRE BLAZIUS. – Donnez-la-moi, ou vous êtes morte.

DAME PLUCHE. – Moi, morte ! morte ! Marie, Jésus, vierge et martyr !

MAÎTRE BLAZIUS. – Oui, morte, Pluche ! Donnez-moi ce papier.

Ils se battent. Entre Perdican.

PERDICAN. – Qu'y a-t-il ? Que faites-vous, Blazius ? Pourquoi violenter[3] cette femme ?

DAME PLUCHE. – Rendez-moi la lettre. Il me l'a prise, seigneur ; justice !

MAÎTRE BLAZIUS. – C'est une entremetteuse seigneur. Cette lettre est un billet doux.

DAME PLUCHE. – C'est une lettre de Camille, seigneur, de votre fiancée.

MAÎTRE BLAZIUS. – C'est un billet doux à un gardeur de dindons.

1. *Déhontée :* sans honte, sans pudeur, effrontée. \ 2. *Entremetteuse :* celle qui sert, favorise des intrigues de galanterie. \ 3. *Violenter :* faire violence à.

DAME PLUCHE. – Tu en as menti[1], abbé. Apprends cela de moi.

PERDICAN. – Donnez-moi cette lettre; je ne comprends rien à votre dispute; mais, en qualité de fiancé de Camille, je m'arroge le droit de la lire. (*Il lit.*) « À la sœur Louise, au couvent de ***. » (*À part.*) Quelle maudite curiosité me saisit malgré moi ! Mon cœur bat avec force, et je ne sais ce que j'éprouve. – Retirez-vous, dame Pluche; vous êtes une digne femme, et maître Blazius est un sot. Allez dîner; je me charge de mettre cette lettre à la poste.

Sortent maître Blazius et dame Pluche.

PERDICAN *seul.* – Que ce soit un crime d'ouvrir une lettre, je le sais trop bien pour le faire. Que peut dire Camille à cette sœur ? Suis-je donc amoureux ? Quel empire[2] a donc pris sur moi cette singulière fille, pour que les trois mots écrits sur cette adresse me fassent trembler la main ? Cela est singulier; Blazius, en se débattant avec dame Pluche, a fait sauter le cachet; Est-ce un crime de rompre le pli[3] ? Bon, je n'y changerai rien. (*Il ouvre la lettre et lit.*)

« Je pars aujourd'hui, ma chère, et tout est arrivé comme je l'avais prévu. C'est une terrible chose; mais ce pauvre jeune homme a le poignard dans le cœur; il ne se consolera pas de m'avoir perdue. Cependant j'ai fait tout au monde pour le dégoûter de moi. Dieu me pardonnera de l'avoir réduit au désespoir par mon refus. Hélas ! ma chère, que pouvais-je y faire ? Priez pour moi; nous nous reverrons demain, et pour toujours. Toute à vous du meilleur de mon âme.

« CAMILLE. »

Est-il possible ? Camille écrit cela ? C'est de moi qu'elle parle ainsi ! Moi au désespoir de son refus ! Eh ! bon Dieu ! si cela

1. *Tu en as menti :* tu as menti sur ce point. \ **2.** *Empire :* autorité, puissance. \ **3.** *Rompre le pli :* ouvrir la lettre, alors repliée et fermée par un cachet de cire.

était vrai, on le verrait bien ; quelle honte peut-il y avoir à aimer ? Elle a fait tout au monde pour me dégoûter, dit-elle, et j'ai le poignard dans le cœur ? Quel intérêt peut-elle avoir à inventer un roman pareil ? Cette pensée que j'avais cette nuit est-elle donc vraie ? Ô femmes ! Cette pauvre Camille a peut-être une grande piété ! C'est de bon cœur qu'elle se donne à Dieu, mais elle a résolu et décrété qu'elle me laisserait au désespoir. Cela était convenu entre les bonnes amies avant de partir du couvent. On a décidé que Camille allait revoir son cousin, qu'on le lui voudrait faire épouser, qu'elle refuserait, et que le cousin serait désolé. Cela est si intéressant, une jeune fille qui fait à Dieu le sacrifice du bonheur d'un cousin ! Non, non, Camille, je ne t'aime pas, je ne suis pas au désespoir, je n'ai pas le poignard dans le cœur, et je te le prouverai. Oui, tu sauras que j'en aime une autre avant que de partir d'ici. Holà, brave homme ! (*Entre* un Paysan.) Allez au château ; dites à la cuisine qu'on envoie un valet porter à mademoiselle Camille le billet que voici.

Il écrit.

Le Paysan. – Oui, monseigneur.

Il sort.

Perdican. – Maintenant à l'autre. Ah ! je suis au désespoir ! Holà ! Rosette, Rosette !

Il frappe à une porte.

Rosette, *ouvrant.* – C'est vous, monseigneur ! Entrez, ma mère y est.

Perdican. – Mets ton plus beau bonnet, Rosette, et viens avec moi.

Rosette. – Où donc ?

Perdican. – Je te le dirai ; demande la permission à ta mère, mais dépêche-toi.

Rosette. – Oui, monseigneur.

Elle rentre dans la maison.

PERDICAN. – J'ai demandé un nouveau rendez-vous à Camille, et je suis sûr qu'elle y viendra ; mais, par le ciel, elle n'y trouvera pas ce qu'elle y comptera trouver. Je veux faire la cour à Rosette devant Camille elle-même.

Scène 3

Le petit bois.
Entrent CAMILLE *et* LE PAYSAN.

LE PAYSAN. – Mademoiselle, je vais au château porter une lettre pour vous ; faut-il que je vous la donne, ou que je la remette à la cuisine, comme me l'a dit le seigneur Perdican ?

CAMILLE. – Donne-la-moi.

LE PAYSAN. – Si vous aimez mieux que je la porte au château, ce n'est pas la peine de m'attarder.

CAMILLE. – Je te dis de me la donner.

LE PAYSAN. – Ce qui vous plaira.

Il donne la lettre.

CAMILLE. – Tiens, voilà pour ta peine.

LE PAYSAN. – Grand merci ; je m'en vais, n'est-ce pas ?

CAMILLE. – Si tu veux.

LE PAYSAN. – Je m'en vais, je m'en vais.

Il sort.

CAMILLE, *lisant.* – Perdican me demande de lui dire adieu, avant de partir, près de la petite fontaine où je l'ai fait venir hier. Que peut-il avoir à me dire ? Voilà justement la fontaine, et je suis toute portée[1]. Dois-je accorder ce second

1. *Toute portée :* déjà arrivée à destination.

rendez-vous ? Ah ! (*Elle se cache derrière un arbre.*) Voilà Perdican qui approche avec Rosette, ma sœur de lait[1]. Je suppose qu'il va la quitter ; je suis bien aise de ne pas avoir l'air d'arriver la première.

Entrent Perdican et Rosette, qui s'assoient.

CAMILLE, *cachée, à part.* – Que veut dire cela ? Il la fait asseoir près de lui ? Me demande-t-il un rendez-vous pour y venir causer avec une autre ? Je suis curieuse de savoir ce qu'il lui dit.

PERDICAN, *à haute voix, de manière que Camille l'entende.* – Je t'aime, Rosette ! toi seule au monde tu n'as rien oublié de nos beaux jours passés ; toi seule tu te souviens de la vie qui n'est plus ; prends ta part de ma vie nouvelle ; donne-moi ton cœur, chère enfant ; voilà le gage[2] de notre amour.

Il lui pose sa chaîne sur le cou.

ROSETTE. – Vous me donnez votre chaîne d'or[3] ?

PERDICAN. – Regarde à présent cette bague. Lève-toi et approchons-nous de cette fontaine. Nous vois-tu tous les deux, dans la source, appuyés l'un sur l'autre ? Vois-tu tes beaux yeux près des miens, ta main dans la mienne ? Regarde tout cela s'effacer. (*Il jette sa bague dans l'eau.*) Regarde comme notre image a disparu ; la voilà qui revient peu à peu ; l'eau qui s'était troublée reprend son équilibre ; elle tremble encore ; de grands cercles noirs courent à sa surface ; patience, nous reparaissons ; déjà je distingue de nouveau tes bras enlacés dans les miens ; encore une minute, et il n'y aura plus une ride sur ton joli visage ; regarde ! C'était une bague que m'avait donnée Camille.

CAMILLE, *à part.* – Il a jeté ma bague dans l'eau.

PERDICAN. – Sais-tu ce que c'est que l'amour, Rosette ? Écoute ! le vent se tait ; la pluie du matin roule en perles sur les feuilles

1. *Sœur de lait :* fille de la nourrice de Camille, qui a donc bu le même lait. \ **2.** *Gage :* dépôt que l'on fait de quelque objet entre les mains d'autrui pour sûreté d'une dette, d'un emprunt ; par suite, garantie, preuve. \ **3.** *Chaîne d'or :* le lien de métal, mais aussi la métaphore de la servitude et de la captivité.

séchées que le soleil ranime. Par la lumière du ciel, par le soleil que voilà, je t'aime ! Tu veux bien de moi, n'est-ce pas ? On n'a pas flétri ta jeunesse ? On n'a pas infiltré dans ton sang vermeil les restes d'un sang affadi ? Tu ne veux pas te faire religieuse ; te voilà jeune et belle dans les bras d'un jeune homme. Ô Rosette, Rosette ! sais-tu ce que c'est que l'amour ?

ROSETTE. – Hélas ! monsieur le docteur, je vous aimerai comme je pourrai.

PERDICAN. – Oui, comme tu pourras ; et tu m'aimeras mieux, tout docteur que je suis et toute paysanne que tu es, que ces pâles statues fabriquées par les nonnes, qui ont la tête à la place du cœur, et qui sortent des cloîtres pour venir répandre dans la vie l'atmosphère humide de leurs cellules ; tu ne sais rien ; tu ne liras pas dans un livre la prière que ta mère t'apprend, comme elle l'a apprise de sa mère ; tu ne comprends même pas le sens des paroles que tu répètes, quand tu t'agenouilles au pied de ton lit ; mais tu comprends bien que tu pries, et c'est tout ce qu'il faut à Dieu.

ROSETTE. – Comme vous me parlez, monseigneur.

PERDICAN. – Tu ne sais pas lire ; mais tu sais ce que disent ces bois et ces prairies, ces tièdes rivières, ces beaux champs couverts de moissons, toute cette nature splendide de jeunesse. Tu reconnais tous ces milliers de frères, et moi pour l'un d'entre eux ; lève-toi, tu seras ma femme, et nous prendrons racine ensemble dans la sève du monde tout-puissant [1].

Il sort avec Rosette.

---

1. *Nous prendrons racine ensemble dans la sève du monde tout-puissant :* en 1835, dans une lettre à George Sand, Musset, racontant un rêve, reprend les termes mêmes de la pièce : « Moi, je me disais : voilà ce que je ferai ; je la prendrai avec moi pour aller dans une prairie, je lui montrerai les feuilles qui poussent, les fleurs qui s'aiment, le soleil qui échauffe tout dans l'horizon plein de vie ; je l'assoirai sur du jeune chaume, elle écoutera et elle comprendra bien ce que disent tous ces oiseaux, toutes ces rivières, avec les harmonies du monde. Elle reconnaîtra tous ces milliers de frères, et moi pour l'un d'entre eux. Elle nous pressera sur son cœur, elle deviendra blanche comme un lis, et elle prendra racine dans la sève du monde tout-puissant ».

Scène 4

Entre LE CHŒUR.

LE CHŒUR. – Il se passe assurément quelque chose d'étrange au château ; Camille a refusé d'épouser Perdican ; elle doit retourner aujourd'hui au couvent dont elle est venue. Mais je crois que le seigneur son cousin s'est consolé avec Rosette. Hélas ! la pauvre fille ne sait pas quel danger elle court en écoutant les discours d'un jeune et galant seigneur.

DAME PLUCHE, *entrant.* – Vite, vite, qu'on selle mon âne !

LE CHŒUR. – Passerez-vous comme un songe léger, ô vénérable dame ? Allez-vous si promptement enfourcher derechef[1] cette pauvre bête qui est si triste de vous porter ?

DAME PLUCHE. – Dieu merci, chère canaille, je ne mourrai pas ici.

LE CHŒUR. – Mourez au loin, Pluche, ma mie ; mourez inconnue dans un caveau[2] malsain. Nous ferons des vœux pour votre respectable résurrection.

DAME PLUCHE. – Voici ma maîtresse qui s'avance. (*À Camille qui entre.*) Chère Camille, tout est prêt pour notre départ ; le baron a rendu ses comptes, et mon âne est bâté[3].

CAMILLE. – Allez au diable, vous et votre âne, je ne partirai pas aujourd'hui.

Elle sort.

LE CHŒUR. – Que veut dire ceci ? Dame Pluche est pâle de terreur ; ses faux cheveux tentent de se hérisser, sa poitrine siffle avec force et ses doigts s'allongent en se crispant.

DAME PLUCHE. – Seigneur Jésus ! Camille a juré !

Elle sort.

1. *Derechef :* de nouveau. \ 2. *Caveau :* tombe ; cellule de couvent. \ 3. *Bâté :* sellé.

Scène 5

Entrent LE BARON *et* MAÎTRE BRIDAINE.

MAÎTRE BRIDAINE. – Seigneur, il faut que je vous parle en particulier. Votre fils fait la cour à une fille du village.

LE BARON. – C'est absurde, mon ami.

MAÎTRE BRIDAINE. – Je l'ai vu distinctement passer dans la bruyère en lui donnant le bras ; il se penchait à son oreille, et lui promettait de l'épouser.

LE BARON. – Cela est monstrueux.

MAÎTRE BRIDAINE. – Soyez-en convaincu ; il lui a fait un présent considérable, que la petite a montré à sa mère.

LE BARON. – Ô ciel ! considérable, Bridaine ? En quoi considérable ?

MAÎTRE BRIDAINE. – Pour le poids et pour la conséquence. C'est la chaîne d'or qu'il portait à son bonnet.

LE BARON. – Passons dans mon cabinet ; je ne sais à quoi m'en tenir[1].

Ils sortent.

Scène 6

La chambre de Camille.
Entrent CAMILLE *et* DAME PLUCHE.

CAMILLE. – Il a pris ma lettre, dites-vous ?

DAME PLUCHE. – Oui, mon enfant ; il s'est chargé de la mettre à la poste.

CAMILLE. – Allez au salon, dame Pluche, et faites-moi le plaisir

1. *Je ne sais à quoi m'en tenir :* je ne sais quoi penser.

de dire à Perdican que je l'attends ici. (*Dame Pluche sort.*) Il a lu ma lettre, cela est certain ; sa scène du bois est une vengeance, comme son amour pour Rosette. Il a voulu me prouver qu'il en aimait une autre que moi, et jouer l'indifférent malgré son dépit. Est-ce qu'il m'aimerait, par hasard ? (*Elle lève la tapisserie.*) Es-tu là, Rosette ?

ROSETTE, *entrant.* – Oui ; puis-je entrer ?

CAMILLE. – Écoute-moi, mon enfant ; le seigneur Perdican ne te fait-il pas la cour ?

ROSETTE. – Hélas ! oui.

CAMILLE. – Que penses-tu de ce qu'il t'a dit ce matin ?

ROSETTE. – Ce matin ? Où donc ?

CAMILLE. – Ne fais pas l'hypocrite. – Ce matin à la fontaine, dans le petit bois.

ROSETTE. – Vous m'avez donc vue ?

CAMILLE. – Pauvre innocente ! Non, je ne t'ai pas vue. Il t'a fait de beaux discours, n'est-ce pas ? Gageons [1] qu'il t'a promis de t'épouser.

ROSETTE. – Comment le savez-vous ?

CAMILLE. – Qu'importe comment je le sais ; crois-tu à ses promesses, Rosette ?

ROSETTE. – Comment n'y croirais-je pas ? Il me tromperait donc ? Pour quoi faire ?

CAMILLE. – Perdican ne t'épousera pas, mon enfant.

ROSETTE. – Hélas ! je n'en sais rien.

CAMILLE. – Tu l'aimes, pauvre fille ; il ne t'épousera pas, et la preuve, je vais te la donner ; rentre derrière ce rideau, tu n'auras qu'à prêter l'oreille et à venir quand je t'appellerai.

Rosette sort.

CAMILLE, *seule.* – Moi qui croyais faire un acte de vengeance,

1. *Gageons :* parions.

ferais-je un acte d'humanité ? La pauvre fille a le cœur pris. (*Entre* Perdican.) Bonjour, cousin, asseyez-vous.

PERDICAN. – Quelle toilette, Camille ! À qui en voulez-vous ?

CAMILLE. – À vous, peut-être ; je suis fâchée de n'avoir pu me rendre au rendez-vous que vous m'avez demandé ; vous aviez quelque chose à me dire ?

PERDICAN, *à part.* – Voilà, sur ma vie, un petit mensonge assez gros, pour un agneau sans tache ; je l'ai vue derrière un arbre écouter la conversation. (*Haut.*) Je n'ai rien à vous dire, qu'un adieu, Camille ; je croyais que vous partiez ; cependant votre cheval est à l'écurie, et vous n'avez pas l'air d'être en robe de voyage.

CAMILLE. – J'aime la discussion ; je ne suis pas bien sûre de ne pas avoir eu envie de me quereller encore avec vous.

PERDICAN. – À quoi sert de se quereller, quand le raccommodement est impossible ? Le plaisir des disputes, c'est de faire la paix.

CAMILLE. – Êtes-vous convaincu que je ne veuille pas la faire ?

PERDICAN. – Ne raillez pas ; je ne suis pas de force à vous répondre.

CAMILLE. – Je voudrais qu'on me fît la cour ; je ne sais si c'est que j'ai une robe neuve, mais j'ai envie de m'amuser. Vous m'avez proposé d'aller au village, allons-y, je veux bien ; mettons-nous en bateau ; j'ai envie d'aller dîner sur l'herbe, ou de faire une promenade dans la forêt. Fera-t-il clair de lune, ce soir ? Cela est singulier, vous n'avez plus au doigt la bague que je vous ai donnée.

PERDICAN. – Je l'ai perdue.

CAMILLE. – C'est donc pour cela que je l'ai trouvée ; tenez, Perdican, la voilà.

PERDICAN. – Est-ce possible ? Où l'avez-vous trouvée ?

CAMILLE. – Vous regardez si mes mains sont mouillées, n'est-ce pas ? En vérité, j'ai gâté ma robe de couvent pour retirer ce petit hochet[1] d'enfant de la fontaine. Voilà pourquoi j'en ai mis une autre, et, je vous dis, cela m'a changée ; mettez donc cela à votre doigt.

Perdican. – Tu as retiré cette bague de l'eau, Camille, au risque de te précipiter[2] ? Est-ce un songe ? La voilà ; c'est toi qui me la mets au doigt ! Ah ! Camille, pourquoi me le rends-tu, ce triste gage[3] d'un bonheur qui n'est plus ? Parle, coquette et imprudente fille, pourquoi pars-tu ? Pourquoi restes-tu ? Pourquoi, d'une heure à l'autre, changes-tu d'apparence et de couleur, comme la pierre de cette bague à chaque rayon de soleil ?

Camille. – Connaissez-vous le cœur des femmes, Perdican ? Êtes-vous sûr de leur inconstance, et savez-vous si elles changent réellement de pensée en changeant quelquefois de langage ? Il y en a qui disent que non. Sans doute, il nous faut souvent jouer un rôle, souvent mentir ; vous voyez que je suis franche ; mais êtes-vous sûr que tout mente dans une femme, lorsque sa langue ment ? Avez-vous bien réfléchi à la nature de cet être faible et violent, à la rigueur avec laquelle on le juge, aux principes qu'on lui impose ? Et qui sait si, forcée à tromper par le monde, la tête de ce petit être sans cervelle ne peut pas y prendre plaisir, et mentir quelquefois par passe-temps, par folie, comme elle ment par nécessité ?

Perdican. – Je n'entends rien à tout cela, et je ne mens jamais. Je t'aime, Camille, voilà tout ce que je sais.

Camille. – Vous dites que vous m'aimez, et vous ne mentez jamais ?

Perdican. – Jamais.

Camille. – En voilà une qui dit pourtant que cela vous arrive quelquefois. (*Elle lève la tapisserie ; Rosette paraît dans*

1. *Hochet :* jouet ; par suite, chose futile. \ 2. *Te précipiter :* tomber la tête en avant. \ 3. *Gage :* dépôt que l'on fait de quelque objet entre les mains d'autrui pour sûreté d'une dette, d'un emprunt ; par suite, garantie, preuve.

le fond, évanouie sur une chaise.) Que répondrez-vous à cette enfant, Perdican, lorsqu'elle vous demandera compte de vos paroles ? Si vous ne mentez jamais, d'où vient donc qu'elle est évanouie en vous entendant me dire que vous m'aimez ? Je vous laisse avec elle ; tâchez de la faire revenir.

Elle veut sortir.

PERDICAN. – Un instant, Camille, écoute-moi !

CAMILLE. – Que voulez-vous me dire ? C'est à Rosette qu'il faut parler. Je ne vous aime pas, moi ; je n'ai pas été chercher par dépit cette malheureuse enfant au fond de sa chaumière, pour en faire un appât, un jouet ; je n'ai pas répété imprudemment devant elle des paroles brûlantes adressées à une autre ; je n'ai pas feint de jeter au vent pour elle le souvenir d'une amitié chérie ; je ne lui ai pas mis ma chaîne au cou ; je ne lui ai pas dit que je l'épouserais.

PERDICAN. – Écoute-moi, écoute-moi !

CAMILLE. – N'as-tu pas souri tout à l'heure quand je t'ai dit que je n'avais pu aller à la fontaine ? Eh bien ! oui, j'y étais, et j'ai tout entendu ; mais, Dieu m'en est témoin, je ne voudrais pas y avoir parlé comme toi. Que feras-tu de cette fille-là, maintenant, quand elle viendra, avec tes baisers ardents sur les lèvres, te montrer en pleurant la blessure que tu lui as faite ? Tu as voulu te venger de moi, n'est-ce pas, et me punir d'une lettre écrite à mon couvent ? Tu as voulu me lancer à tout prix quelque trait [1] qui pût m'atteindre, et tu comptais pour rien que ta flèche empoisonnée traversât cette enfant, pourvu qu'elle me frappât derrière elle. Je m'étais vantée de t'avoir inspiré quelque amour, de te laisser quelque regret. Cela t'a blessé dans ton noble orgueil ? Eh bien ! apprends-le de moi,

1. *Trait* : au sens figuré, ce qui frappe, touche l'âme ou le cœur, comme le ferait un trait d'arbalète.

tu m'aimes, entends-tu ; mais tu épouseras cette fille, ou tu n'es qu'un lâche !

Perdican. – Oui, je l'épouserai.

Camille. – Et tu feras bien.

Perdican. – Très bien, et beaucoup mieux qu'en t'épousant toi-même. Qu'y a-t-il, Camille, qui t'échauffe [1] si fort ? Cette enfant s'est évanouie ; nous la ferons bien revenir, il ne faut pour cela qu'un flacon de vinaigre [2] ; tu as voulu me prouver que j'avais menti une fois dans ma vie ; cela est possible, mais je te trouve hardie [3] de décider à quel instant. Viens, aide-moi à secourir Rosette.

Ils sortent.

Scène 7

Entrent le Baron *et* Camille.

Le Baron. – Si cela se fait, je deviendrai fou.

Camille. – Employez votre autorité.

Le Baron. – Je deviendrai fou, et je refuserai mon consentement ; voilà qui est certain.

Camille. – Vous devriez lui parler et lui faire entendre raison.

Le Baron. – Cela me jettera dans le désespoir pour tout le carnaval, et je ne paraîtrai pas une fois à la cour. C'est un mariage disproportionné. Jamais on n'a entendu parler d'épouser la sœur de lait de sa cousine ; cela passe toute espèce de bornes.

Camille. – Faites-le appeler, et dites-lui nettement que ce mariage vous déplaît. Croyez-moi, c'est une folie, et il ne résistera pas.

1. *Échauffe :* impatiente, irrite. \ 2. *Vinaigre :* remède traditionnel qu'on faisait respirer à quelqu'un d'évanoui. \ 3. *Hardie :* qui ose beaucoup, insolente, effrontée.

LE BARON. – Je serai vêtu de noir cet hiver, tenez-le pour assuré.

CAMILLE. – Mais parlez-lui, au nom du ciel. C'est un coup de tête qu'il a fait ; peut-être n'est-il déjà plus temps ; s'il en a parlé, il le fera.

LE BARON. – Je vais m'enfermer pour m'abandonner à ma douleur. Dites-lui, s'il me demande, que je suis enfermé, et que je m'abandonne à ma douleur de le voir épouser une fille sans nom [1].

Il sort.

CAMILLE. – Ne trouverai-je pas ici un homme de cœur [2] ? En vérité, quand on en cherche, on est effrayé de sa solitude. (*Entre Perdican.*) Eh bien, cousin, à quand le mariage ?

PERDICAN. – Le plus tôt possible ; j'ai déjà parlé au notaire, au curé, et à tous les paysans.

CAMILLE. – Vous comptez donc réellement que vous épouserez Rosette ?

PERDICAN. – Assurément.

CAMILLE. – Qu'en dira votre père ?

PERDICAN. – Tout ce qu'il voudra ; il me plaît d'épouser cette fille ; c'est une idée que je vous dois, et je m'y tiens. Faut-il vous répéter les lieux communs les plus rebattus sur sa naissance et sur la mienne ? Elle est jeune et jolie, et elle m'aime ; c'est plus qu'il n'en faut pour être trois fois heureux. Qu'elle ait de l'esprit ou qu'elle n'en ait pas, j'aurais pu trouver pire. On criera et on raillera ; je m'en lave les mains.

CAMILLE. – Il n'y a rien là de risible ; vous faites très bien de l'épouser. Mais je suis fâchée pour vous d'une chose : c'est qu'on dira que vous l'avez fait par dépit.

PERDICAN. – Vous êtes fâchée de cela ? Oh ! que non.

CAMILLE. – Si, j'en suis vraiment fâchée pour vous. Cela fait

1. *Sans nom :* sans nom aristocratique. \ **2.** *Un homme de cœur :* un homme courageux, noble de cœur.

du tort à un jeune homme, de ne pouvoir résister à un moment de dépit.

Perdican. – Soyez-en donc fâchée ; quant à moi, cela m'est bien égal.

Camille. – Mais vous n'y pensez pas ; c'est une fille de rien[1].

Perdican. – Elle sera donc de quelque chose, lorsqu'elle sera ma femme.

Camille. – Elle vous ennuiera avant que le notaire ait mis son habit neuf et ses souliers pour venir ici ; le cœur vous lèvera[2] au repas de noces, et le soir de la fête vous lui ferez couper les mains et les pieds, comme dans les contes arabes[3], parce qu'elle sentira le ragoût.

Perdican. – Vous verrez que non. Vous ne me connaissez pas ; quand une femme est douce et sensible, franche, bonne et belle, je suis capable de me contenter de cela, oui, en vérité, jusqu'à ne pas me soucier de savoir si elle parle latin.

Camille. – Il est à regretter qu'on ait dépensé tant d'argent pour vous l'apprendre ; c'est trois mille écus de perdus.

Perdican. – Oui ; on aurait mieux fait de les donner aux pauvres.

Camille. – Ce sera vous qui vous en chargerez, du moins pour les pauvres d'esprit[4].

Perdican. – Et ils me donneront en échange le royaume des cieux, car il est à eux.

Camille. – Combien de temps durera cette plaisanterie ?

1. *Une fille de rien :* une fille du peuple, par suite, peu recommandable. \ **2.** *Le cœur vous lèvera :* vous aurez la nausée, votre cœur se soulèvera de dégoût. \ **3.** *Les contes arabes :* souvenir des lectures enfantines de Musset, qui se passionnait pour les contes arabes. Il s'agit ici d'une allusion à un conte des *Mille et Une Nuits,* « L'Histoire racontée par le pourvoyeur du sultan de Casgar », où une jeune mariée fit couper les pouces de son mari qui, le soir de ses noces, avait omis de se laver les mains après s'être régalé d'un ragoût à l'ail. \ **4.** *Les pauvres d'esprit :* détournement sarcastique d'une parole du Christ (Évangile selon saint Matthieu, V, 3), qui célèbre les « pauvres en esprit », ceux qui ont renoncé aux biens matériels et qui en sont récompensés. Camille reprend l'expression dans un sens littéral et évoque les faibles d'esprit.

PERDICAN. – Quelle plaisanterie ?

CAMILLE. – Votre mariage avec Rosette.

PERDICAN. – Bien peu de temps ; Dieu n'a pas fait de l'homme une œuvre de durée : trente ou quarante ans, tout au plus.

CAMILLE. – Je suis curieuse de danser à vos noces !

PERDICAN. – Écoutez-moi, Camille, voilà un ton de persiflage[1] qui est hors de propos.

CAMILLE. – Il me plaît trop pour que je le quitte.

PERDICAN. – Je vous quitte donc vous-même ; car j'en ai tout à l'heure[2] assez.

CAMILLE. – Allez-vous chez votre épousée ?

PERDICAN. – Oui, j'y vais de ce pas.

CAMILLE. – Donnez-moi donc le bras ; j'y vais aussi.

Entre Rosette.

PERDICAN. – Te voilà, mon enfant ! Viens, je veux te présenter à mon père.

ROSETTE, *se mettant à genoux.* – Monseigneur, je viens vous demander une grâce. Tous les gens du village à qui j'ai parlé ce matin m'ont dit que vous aimiez votre cousine, et que vous ne m'avez fait la cour que pour vous divertir tous deux ; on se moque de moi quand je passe, et je ne pourrai plus trouver de mari dans le pays, après avoir servi de risée à tout le monde. Permettez-moi de vous rendre le collier que vous m'avez donné, et de vivre en paix chez ma mère.

CAMILLE. – Tu es une bonne fille, Rosette ; garde ce collier, c'est moi qui te le donne, et mon cousin prendra le mien à la place. Quant à un mari, n'en sois pas embarrassée, je me charge de t'en trouver un.

PERDICAN. – Cela n'est pas difficile, en effet. Allons, Rosette, viens, que je te mène à mon père.

CAMILLE. – Pourquoi ? Cela est inutile.

1. *Persiflage :* discours de celui qui persifle, c'est-à-dire qui raille, qui parle avec ironie et moquerie. \ **2.** *Tout à l'heure :* au sens classique signifie « maintenant, présentement ».

PERDICAN. – Oui, vous avez raison, mon père nous recevrait mal ; il faut laisser passer le premier moment de surprise qu'il a éprouvée. Viens avec moi, nous retournerons sur la place. Je trouve plaisant qu'on dise que je ne t'aime pas quand je t'épouse. Pardieu ! nous les ferons bien taire.

Il sort avec Rosette.

CAMILLE. – Que se passe-t-il donc en moi ? Il l'emmène d'un air bien tranquille. Cela est singulier : il me semble que la tête me tourne. Est-ce qu'il l'épouserait tout de bon ? Holà ! dame Pluche ! dame Pluche ! N'y a-t-il donc personne ici ? (*Entre un valet.*) Courez après le seigneur Perdican ; dites-lui vite qu'il remonte ici, j'ai à lui parler. (*Le valet sort.*). Mais qu'est-ce donc que tout cela ? Je n'en puis plus, mes pieds refusent de me soutenir.

Rentre Perdican.

PERDICAN. – Vous m'avez demandé, Camille ?

CAMILLE. – Non, – non.

PERDICAN. – En vérité, vous voilà pâle ! qu'avez-vous à me dire ? Vous m'avez fait rappeler pour me parler ?

CAMILLE. – Non, non. – Oh ! seigneur Dieu !

Elle sort.

Scène 8

Un oratoire[1].

Entre CAMILLE ; *elle se jette au pied de l'autel.*

CAMILLE. – M'avez-vous abandonnée, ô mon Dieu ? Vous le savez, lorsque je suis venue, j'avais juré de vous être fidèle ;

1. *Oratoire :* lieu de prière, sans doute situé dans la chapelle du château.

quand j'ai refusé de devenir l'épouse d'un autre que vous, j'ai cru parler sincèrement devant vous et ma conscience ; vous le savez, mon père, ne voulez-vous donc plus de moi ? Oh ! pourquoi faites-vous mentir la vérité elle-même ? Pourquoi suis-je si faible ? Ah ! malheureuse, je ne puis plus prier !

Entre Perdican.

PERDICAN. – Orgueil, le plus fatal des conseillers humains, qu'es-tu venu faire entre cette fille et moi ? La voilà pâle et effrayée, qui presse sur les dalles insensibles son cœur et son visage. Elle aurait pu m'aimer, et nous étions nés l'un pour l'autre ; qu'es-tu venu faire sur nos lèvres, orgueil, lorsque nos mains allaient se joindre ?

CAMILLE. – Qui m'a suivie ? Qui parle sous cette voûte ? Est-ce toi, Perdican ?

PERDICAN. – Insensés que nous sommes ! nous nous aimons. Quel songe avons-nous fait, Camille ? Quelles vaines paroles, quelles misérables folies ont passé comme un vent funeste entre nous deux ? Lequel de nous a voulu tromper l'autre ? Hélas ! cette vie est elle-même un si pénible rêve ! pourquoi encore y mêler les nôtres ! Ô mon Dieu, le bonheur est une perle si rare dans cet océan d'ici-bas ? Tu nous l'avais donné, pêcheur céleste, tu l'avais tiré pour nous des profondeurs de l'abîme, cet inestimable joyau ; et nous, comme des enfants gâtés, que nous sommes, nous en avons fait un jouet. Le vert sentier qui nous amenait l'un vers l'autre avait une pente si douce, il était entouré de buissons si fleuris, il se perdait dans un si tranquille horizon ! Il a bien fallu que la vanité, le bavardage et la colère vinssent jeter leurs rochers informes sur cette route céleste, qui nous aurait conduits à toi dans un baiser ! Il a bien fallu que nous nous fissions du mal, car nous sommes des hommes. Ô insensés ! nous nous aimons.

Il la prend dans ses bras.

Camille. – Oui, nous nous aimons, Perdican ; laisse-moi le sentir sur ton cœur. Ce Dieu qui nous regarde ne s'en offensera pas ; il veut bien que je t'aime ; il y a quinze ans qu'il le sait.

Perdican. – Chère créature, tu es à moi !

Il l'embrasse ; on entend un grand cri derrière l'autel.

Camille. – C'est la voix de ma sœur de lait.

Perdican. – Comment est-elle ici ? Je l'avais laissée dans l'escalier lorsque tu m'as fait rappeler. Il faut donc qu'elle m'ait suivi sans que je m'en sois aperçu.

Camille. – Entrons dans cette galerie, c'est là qu'on a crié.

Perdican. – Je ne sais ce que j'éprouve ; il me semble que mes mains sont couvertes de sang.

Camille. – La pauvre enfant nous a sans doute épiés ; elle s'est encore évanouie ; viens, portons-lui secours ; hélas ! tout cela est cruel.

Perdican. – Non, en vérité, je n'entrerai pas ; je sens un froid mortel qui me paralyse. Vas-y, Camille, et tâche de la ramener. (*Camille sort.*) Je vous en supplie, mon Dieu ! Ne faites pas de moi un meurtrier ! Vous voyez ce qui se passe ; nous sommes deux enfants insensés, et nous avons joué avec la vie et la mort ; mais notre cœur est pur ; ne tuez pas Rosette, Dieu juste ! Je lui trouverai un mari, je réparerai ma faute ; elle est jeune, elle sera riche, elle sera heureuse ; ne faites pas cela, ô Dieu ! vous pouvez bénir encore quatre de vos enfants. Eh bien ! Camille, qu'y a-t-il ?

Camille rentre.

Camille. – Elle est morte ! Adieu, Perdican !

DOSSIER

LIRE
L'ŒUVRE

QUESTIONNAIRE DE LECTURE

LE TITRE

1. Analysez la formulation du titre : à quel genre d'expression courante se rattache-t-il ? Examinez notamment le pronom sujet et le temps de l'énonciation.

2. Commentez le sens de ce titre : comment le compreniez-vous avant de lire la pièce ? à la fin de l'acte I ? à la fin de l'acte II ? à la fin de l'acte III ? comment peut-on interpréter cette évolution ?

LA DRAMATURGIE

3. Examinez la scène d'exposition : pouvez-vous situer exactement l'espace et le temps de l'action ? Quel est l'effet produit ?

4. Relevez les différents décors que requiert la mise en scène de *Badine*. Dans quel type d'univers la pièce nous plonge-t-elle ? Peut-on parler d'unité de lieu ? Pourquoi ? Quelles contraintes de mise en scène sont ainsi posées ? Qu'en concluez-vous ?

5. Proposez un classement des personnages en fonction des lieux qu'ils occupent. Que constatez-vous ? Quelle progression symbolique pouvez-vous établir entre les décors des actes I et II, et ceux de l'acte III ?

6. *Badine* comporte plusieurs récits. Faites-en la liste. Est-il habituel de les voir occuper une telle place dans l'architecture d'une pièce de théâtre ? Pourquoi ? Quel est le rôle traditionnel du récit au théâtre ? dans cette pièce de Musset ?

7. Identifiez le procédé théâtral qui est utilisé dans les scènes I, 3, III, 3, III, 6 et III, 8. Déterminez son rôle et ses effets. Ce procédé théâtral est-il fréquemment utilisé par les dramaturges ? Pourquoi ?

LES PERSONNAGES

8. Relisez la liste des personnages : à quel univers théâtral semblent-ils tous appartenir ? Commentez les noms choisis pour chacun d'entre eux.

9. Dans quel ordre les personnages sont-ils mentionnés ? Pourquoi ? Proposez une autre répartition, en regroupant les personnages selon la fonction qu'ils occupent d'après vous dans la pièce.

10. Observez le chœur : de combien de personnages est-il constitué ? De quelle façon intervient-il ? Quel est son rôle face aux autres personnages et face aux spectateurs ? À quelle tradition théâtrale appartient-il ? Que pensez-vous de sa réutilisation par Musset dans la pièce ?

11. Déterminez les personnages secondaires : à quel monde appartiennent-ils ? Quelles valeurs représentent-ils ? Commentez leur mode d'apparition dans la pièce et leur usage du langage. Quels sont les liens les unissant à Camille et à Perdican ?

12. En quoi les personnages de Camille et de Perdican diffèrent-ils des autres personnages ? En quoi leur ressemblent-ils ?

13. Selon quelles étapes la relation unissant Camille à Perdican évolue-t-elle ? Définissez leurs attentes respectives. L'union de ces deux personnages vous paraît-elle possible ? Pourquoi ?

LA CONSTRUCTION DE L'INTRIGUE

14. Quelle situation théâtrale est posée par l'exposition de la pièce ? Quelles intrigues secondaires se déploient en contrepoint ?

15. Quels sont les signes perceptibles d'une évolution dramatique à l'acte II ? Quel ressort dramatique nous y est dévoilé ? Comment l'intrigue principale et les intrigues secondaires se nouent-elles ? Le débat entre Camille et Perdican est-il clos à la fin de cet acte ?

16. Comment l'action se précipite-t-elle au dernier acte ? Relevez les péripéties menant à la catastrophe finale.

17. Comment interprétez-vous le dénouement de la pièce ? Comparez notamment l'attitude des deux personnages principaux, l'un face à l'autre, puis face à la mort de Rosette.

GENRE ET REGISTRES

18. Quel registre le verbe employé dans le titre de la pièce semble-t-il impliquer ? Constatez-vous sa présence par la suite au cours de celle-ci ?

19. Quels personnages suscitent le rire ? Pourquoi ? Caractérisez les différentes nuances du registre comique utilisées dans la pièce.

20. Quels sont les autres registres présents dans la pièce ? À quels personnages et à quels types de scènes sont-ils associés ? Pourquoi ?

21. Quels effets cette diversité de registres produit-elle ? Dans quel grand genre théâtral (tragédie, comédie, drame) proposeriez-vous dès lors de classer cette pièce de Musset ?

LES THÈMES PRINCIPAUX

22. Quelle place la nature occupe-t-elle dans la pièce ? Quelle vision l'auteur en donne-t-il ?

23. À quelle catégorie sociale le baron appartient-il ? Relevez des signes de ses fonctions, de son pouvoir et de ses préoccupations. Quel reflet de la société nous est ainsi présenté ?

24. Quelle place la religion occupe-t-elle dans l'œuvre ? Quelle représentation Musset nous en offre-t-il à travers l'action et les personnages ?

25. Quelle peinture des femmes et de leur condition la pièce nous livre-t-elle ?

26. Indiquez quelle image de l'amour se dégage de la pièce.

27. Quel obstacle intérieur bloque la révélation de l'amour chez Camille et Perdican ? Quels liens pouvez-vous établir entre le langage et l'amour dans la pièce ?

28. Peut-on lire cette pièce comme un hymne à la jeunesse ?

L'ŒUVRE DANS L'HISTOIRE

THÉÂTRE ET SOCIÉTÉ AU XIXe SIÈCLE

Accéder à la scène au XIXe siècle constitue un enjeu de taille pour l'écrivain : il peut ainsi toucher le grand public. Si les théâtres avaient fleuri sous la Révolution, l'Empire avait cherché à en restreindre le nombre et à les surveiller étroitement. La situation s'adoucit sous la Restauration ; après la révolution de 1830, le théâtre retrouve sa liberté, du moins jusqu'en 1835, puisque la censure est abolie durant cette période.

LE POIDS DE LA CENSURE

Le régime de la censure constituait un écueil important pour les dramaturges du XIXe siècle. Sous la Restauration, les censeurs – qui pouvaient être des journalistes, des académiciens, des écrivains ou des hommes de loi – visaient particulièrement l'opposition libérale, les offenses à l'ordre moral ou au culte catholique. À partir de 1829, ils accordent une attention toute particulière aux romantiques : ainsi, tandis que le drame romantique pénètre avec succès au Théâtre-Français grâce à *Henri III et sa cour* (1829) de Dumas ou *Le More de Venise* (1829) de Vigny, *Marion de Lorme* (1831) de Hugo, qui illustre la décadence du pouvoir aristocratique, se retrouve entre les griffes de la censure, pour un portrait de Louis XIII perçu comme offensant. Toutefois, *Hernani* (1830), jugée moralement douteuse, profitera de la publicité faite par Sainte-Beuve à cette interdiction : le censeur, par crainte du ridicule, se résigne à autoriser cette fois la pièce de Hugo.

Au début de la monarchie de Juillet, la censure, officiellement abolie, peut parfois s'exercer indirectement, par exemple pour cause d'outrage aux mœurs. En 1835, « les lois de septembre » la remettent clairement en vigueur au nom de l'ordre public, confiant son exercice à des fonctionnaires zélés et connus pour les bonnes mœurs. Dans ce contexte, une pièce telle que *Lorenzaccio* (1834), dont la trame dramatique met en scène un régicide et incite à la révolution, ne peut pas même envisager la représentation…

LES SALLES PARISIENNES

Dans les années 1830, on recense trente lieux de spectacle à Paris, subventionnés ou privés, dont la taille oscille de la simple salle au grand théâtre. La Comédie-Française joue cinq à six fois par semaine, contrairement aux petits théâtres qui jouent sans relâche. Les théâtres les plus prestigieux sont les théâtres subventionnés (l'Opéra, l'Opéra-Comique, le Théâtre-Français, l'Odéon), où les romantiques peineront pour s'imposer, tant ces théâtres dépendent de leurs subventions qui les conduisent à s'autocensurer. Les romantiques se sont fixés comme défi de s'imposer à la Comédie-Française, dont le directeur leur est plutôt favorable, par goût et par désir de dépoussiérer le répertoire de sa salle ; mais les comédiens et l'institution tout entière ne partagent pas cet enthousiasme pour l'innovation ; aussi la Comédie-Française se montrera-t-elle sélective dans sa programmation des œuvres romantiques, n'acceptant d'abord que les pièces en vers.

Les théâtres privés comme les Variétés, la Porte Saint-Martin, le Gymnase-Dramatique, le théâtre de la Renaissance, ne bénéficiant par définition d'aucune subvention, se consacrent naturellement aux genres populaires : le vaudeville, le mélodrame et la comédie bourgeoise. Il existe aussi une foule de petits théâtres situés en majorité sur le boulevard du Temple, comme le théâtre des Funambules ou le Cirque olympique, ainsi que des spectacles de foire ou des panoramas.

LE THÉÂTRE ROMANTIQUE ET LE PUBLIC : UNE RENCONTRE DIFFICILE

À la conquête des scènes parisiennes, les auteurs romantiques se heurtent aux résistances des gens de théâtre et aux habitudes classiques des spectateurs ou de la presse qui s'offusquent de leurs audaces. Leurs œuvres défient le théâtre de leur temps : elles rejettent les illusions du vaudeville, du mélodrame ou de l'opéra bourgeois, qui endorment la conscience critique du spectateur. En outre, le souci des auteurs romantiques de présenter des scènes historiques s'oppose aux règles de la représentation puisqu'il suppose l'abandon des unités de lieu et de temps. En convoquant simultanément différents personnages en divers lieux, ces pièces se privent de l'accès à la scène. Une telle écriture, ainsi affranchie des contraintes de la représentation, se veut délibérément polémique et inventive mais suscite des questions : les dramaturges romantiques ignorent les conventions théâtrales de leur temps pour inventer « un théâtre en liberté », mais est-il possible de parler de texte théâtral quand on abandonne l'idée de représentation de ce texte ?

Les dramaturges romantiques dénoncent cette situation étouffante, où les normes classiques oppressent la composition littéraire. Hugo, en proposant dans *Cromwell* (1827) un texte démesuré, des lieux démultipliés et un nombre effarant de personnages, rend sa pièce matériellement injouable à l'époque. Ce texte sert de support à une préface, manifeste d'une nouvelle esthétique scénique, dont la première d'*Hernani*, en février 1830, constitue le véritable avènement. Le texte est sifflé dès les premières répliques, ses libertés d'écriture face au vers et aux bienséances indignent les classiques. Le soir de la première, les trois premiers actes sont sans arrêt interrompus : le vacarme dans la salle est tel qu'on entend à peine les acteurs. La bataille se poursuit les quinze jours suivants. La pièce, qui emprunte divers motifs au mélodrame, délivre certes un message politique ambigu mais promeut surtout l'idée d'un théâtre pour tous, qui célèbre le rôle du peuple dans l'Histoire. L'ambition est de toucher et d'éduquer un public large et rassemblé, qu'on ne cantonne plus dans le seul mélodrame.

MUSSET ET LE THÉÂTRE : UN SPECTACLE DANS UN FAUTEUIL

UN ÉCHEC INITIAL

Le succès d'*Hernani* incite Harel, directeur de l'Odéon, à rechercher la collaboration d'autres jeunes romantiques tels que Musset, Dumas ou Vigny. Harel commande à Musset une comédie, qu'il souhaite « la plus neuve et la plus hardie possible[1] ». Il s'agira de *La Nuit vénitienne* (1830). Profitant de la suppression de la censure, Musset utilise un cadre à la mode (Venise, un mariage, des masques et des gondoles...) pour proposer une fiction distinguée (l'histoire d'un enlèvement dans une cour

1. Paul de Musset, *Biographie de Alfred de Musset*, Charpentier, 1877, p. 96-97.

princière) mais traitée sur un mode si désinvolte que la pièce déconcerte : le public qui croyait assister à un mélodrame sanglant voit un dénouement heureux s'imposer sous ses yeux. La pièce est huée le soir de la première, le 1er décembre 1830. L'humiliation s'avère cuisante pour Musset, qui cesse d'écrire pour la scène.

UNE NOUVELLE PERSPECTIVE

Après cet échec, Musset n'a pourtant jamais renoncé à composer des œuvres théâtrales, même si elles ne sont plus destinées à la représentation. Cette attitude comporte de lourdes conséquences, puisque le théâtre est une source de revenus importante pour un homme de lettres et un moyen décisif d'accroître sa renommée : renoncer à écrire pour la scène, c'est se marginaliser sciemment. Mais Musset s'accorde ainsi une liberté de création sans pareille : l'idée d'*Un spectacle dans un fauteuil*, en lui permettant de se débarrasser des contraintes scénographiques de son époque, le conduit à revisiter les « règles tristes » du théâtre classique, selon une imagination poétique qui bouscule les cadres établis.

Musset demeurera jusqu'à son dernier souffle un amateur passionné de théâtre, comme spectateur, comme auteur sensible à la beauté des textes dramatiques (il défend le *Chatterton* de Vigny contre la critique en 1835) ou à la technique de la mise en scène et au jeu des acteurs, ou comme critique dans la *Revue des deux mondes* ou *Le Temps*. Dix-huit mois après avoir prononcé son adieu définitif à la scène, Musset entreprend d'écrire les pièces en vers qui composent le premier *Spectacle dans un fauteuil*, publié à la fin de 1832 (daté de 1833). Ce recueil comprend *La Coupe et les lèvres*, *À quoi rêvent les jeunes filles* et *Namouna*. Mais ce qu'il considère comme sa production théâtrale de premier plan relève de sa collaboration avec la *Revue des deux mondes* : d'avril 1833 à juillet 1834, il y donne *André del Sarto*, *Les Caprices de Marianne*, *Fantasio* et *Badine*. Ces quatre pièces, augmentées de *La Nuit vénitienne* et surtout de *Lorenzaccio*, sont publiées à la librairie de la *Revue des deux mondes* en août 1834, sous le titre renouvelé d'*Un spectacle dans un fauteuil* (prose). L'accueil réservé par la critique reste discret et n'invite pas Musset à tenter de nouveau l'expérience de la scène. On lui reproche l'imperfection et l'irrégularité de la structure de ses pièces, assimilées à de simples esquisses ;

des personnages peu ancrés dans leur temps, trop semblables à leur auteur ; des dialogues qui assèchent et affaiblissent l'intrigue.

Un an s'écoule entre la publication du deuxième *Spectacle dans un fauteuil* et celle de la *Quenouille de Barberine*, le 1er août 1835. Trois autres comédies suivront : *Le Chandelier*, en novembre 1835 ; *Il ne faut jurer de rien*, en juillet 1836 ; *Un caprice*, en juin 1837. La marque originale du dramaturge s'estompe dans ces pièces : Musset réduit le nombre de décors, resserre l'action ; le cadre devient français et contemporain. Le dramaturge se rapproche des critères de la représentation propres à cette époque car il ne cesse de penser à sa carrière dramatique : il se dit « enragé de théâtre », décidé à se risquer si on veut de lui à la Comédie-Française. À la même époque, il assiste à l'entrée de Rachel, la fameuse tragédienne, au sein du grand théâtre. Son jeu sobre et d'une violence contenue lui inspire des articles enthousiastes dans le *Journal des débats* et déclenche en lui l'envie d'écrire une tragédie, qu'elle seule pourrait interpréter, mais le projet échoue.

DES SUCCÈS TARDIFS

De 1837 à 1845, l'écrivain se consacre à la poésie. La décennie suivante offrira peu d'œuvres nouvelles ; en matière de théâtre, Musset se refuse même à honorer les demandes de l'impératrice Eugénie (terminer notamment *Frédégonde*, la tragédie commencée pour Rachel). Il s'isole, ne cessant de préparer ce qu'il nomme ironiquement « ses débuts à la scène ». C'est à la surprise de tous, y compris du dramaturge, qu'*Un caprice* triomphe en novembre 1847 à la Comédie-Française. Les proverbes montés sur scène recueillent les faveurs du public : *Il faut qu'une porte soit ouverte ou fermée*, *Il ne faut jurer de rien* sont donnés à la Comédie-Française en avril et en juin 1848. La même année, *Les Caprices de Marianne* parviennent aussi à un succès honorable.

Par la grâce de ses anciennes œuvres enfin découvertes, Musset auteur dramatique peut triompher. De 1848 à 1851, il se livre à un travail énorme de révision, voire de restructuration de son œuvre en vue de la représentation. Non content d'adapter à la scène ses anciennes pièces, il en écrit de nouvelles, toutes conformes aux règles : outre *Louison* et *Il faut qu'une porte soit ouverte ou fermée*, il partage l'écriture du vaudeville farcesque *L'Habit vert*, il adapte *Le Distrait* de Carmontelle, qui devient

On ne saurait penser à tout, applaudi par le public, mais pas par la critique. Il livre également *Bettine*, *Le Songe d'Auguste*, *L'Âne et le Ruisseau*, pour une part publiés après sa mort. Durant les dix dernières années de sa vie, Musset a utilisé ses dernières ressources pour se vouer presque entièrement à son théâtre, révisant ses anciennes pièces, suivant leurs répétitions avec attention.

LE CONTEXTE CULTUREL : UN ROMANTISME PERSONNEL ET RAILLEUR

UN ROMANTIQUE IRRESPECTUEUX

La reconnaissance tardive de Musset tient aussi à l'indépendance de « l'enfant terrible du romantisme ». L'écrivain n'a cessé d'entretenir des rapports ambigus avec ce courant littéraire. Le jeune poète fut introduit dès 1828 dans les cénacles ou les salons romantiques tenus par Victor Hugo et Charles Nodier. Mais il prit vite ses distances, incapable de reprendre à son compte l'emphase et la grandiloquence du style romantique qui, pour exalter la nature, l'amour, la femme ou la liberté dans l'art et la politique, s'abandonnait aux métaphores les plus échevelées et à un lyrisme débordant. Dès ses *Contes d'Espagne et d'Italie* en 1829, Musset se plaît à parodier les motifs romantiques. Dans le poème « Ballade à la lune », l'irrévérencieux vers « La lune/Comme un point sur un i » apparut comme « le libre éclat de rire d'un esprit indépendant[1] » qui se plaisait à enchaîner les images les plus fantaisistes.

Par sa distance moqueuse, sa recherche d'une fantaisie qui allège le poids des choses et de l'existence, la grâce de son ironie déliée, Musset ne pouvait que s'écarter du romantisme. Il ne partageait pas l'engagement politique d'un Lamartine ou d'un Hugo ni leur désir de guider les foules vers un âge de liberté et de démocratie ; il refusait de jouer les poètes éclairés « sur d'ignobles tréteaux[2] ». En 1832, ses sarcasmes s'intensi-

1. Émile Zola, « Alfred de Musset », article paru en mai 1877 dans le *Messager de l'Europe* et recueilli dans les *Documents littéraires. Études et portraits*, 1881. \ 2. Alfred de Musset, « Les Vœux stériles », in *Premières Poésies*, 1830.

fient, dans la dédicace de *La Coupe et les lèvres*, où il déclare sans fard : « Mais je hais les pleurards, les rêveurs à nacelles,/Les amants de la nuit, des lacs et des cascatelles/Cette engeance sans nom, qui ne peut faire un pas/Sans s'inonder de vers, de pleurs et d'agendas ». En 1836, la raillerie se fait plus fine, dans les *Lettres de Dupuis et Catonet* : les deux personnages, durant douze ans de souffrances, s'efforcent de saisir le sens du mot « romantisme », mais sont contraints d'avouer leur échec et de convenir que le romantisme n'est rien d'autre qu'une collection d'adjectifs !

UNE VISION PERSONNELLE DU MONDE

L'attirance indéniable et l'indépendance affichée de Musset face au romantisme trouvent leur pleine expression dans son théâtre. Il a été séduit par cette conception nouvelle de la littérature, parce qu'elle lui offrait avant tout le lieu d'une lutte contre les institutions, les Académies, le matérialisme ambiant, les valeurs bourgeoises. Pour Musset, le romantisme était en réalité un mode d'expression mais aussi de vie face à un réel décevant : on ne peut séparer son dandysme, sa débauche, sa provocation, son goût de l'outrance, d'une écriture qui elle aussi dit le mépris des convenances. De là sans doute dans ses pièces, la partition si nette entre les protagonistes, jeunes et épris d'absolu, tourmentés, et les fantoches, magistrats, oncles, pères, maris, précepteurs, bouffons grotesques dépourvus de spontanéité et d'authenticité, caricatures grimaçantes du monde adulte qui engendrent le « mal du siècle » chez la jeunesse. En ce sens, Musset est profondément romantique parce qu'empruntant à tous, il n'imite réellement personne, et fait du cœur, des passions, la source de la poésie et de l'écriture. Tel Perdican observant dans la fontaine le reflet du couple enlacé qu'il forme avec Rosette, Musset contemple dans ses pièces le miroir de ses idéaux meurtris : il n'a de cesse d'y faire dialoguer ses aspirations romantiques les plus ardentes et sa conscience cynique d'un monde désenchanté, son souvenir ébloui de l'amour et la trahison encore toute proche de George Sand. Ce sens de l'autodérision, cette mélancolie ironique, cette recherche de « l'usure » comme disait Copeau, tel est sans doute ce qui fait de ce romantisme-là, le nôtre.

LE CONTEXTE BIOGRAPHIQUE : LA PRÉSENCE DE GEORGE SAND

LA RENCONTRE DE DEUX CÉLÉBRITÉS

Musset rencontre George Sand au cours d'un dîner offert au mois de juin 1833 par Buloz aux collaborateurs de la *Revue des deux mondes*. George Sand, épouse lointaine du baron Dudevant, est une femme libre de vingt-neuf ans, déjà mère de deux enfants. Une amitié littéraire s'ébauche, qui bientôt se mue en passion réciproque.

D'août à décembre 1833, les deux amants mènent une vie d'artiste dans l'appartement de George Sand, quai Malaquais. Ils reçoivent les visites des personnalités littéraires du temps, Balzac, Mérimée, Sainte-Beuve ou Gustave Planche, au cours de dîners esthétiques ou de soirées qui marquent cette période insouciante et féconde. La créativité des deux auteurs s'allie pour produire ses plus beaux fruits : Musset rédige ainsi *Lorenzaccio* en s'inspirant d'une idée de George Sand, une *Scène historique* intitulée *Une conspiration en 1537*.

LE VOYAGE EN ITALIE, LA RUPTURE

Les deux amants étaient déjà célèbres. Mais leur amour voulait une autre forme de consécration : un voyage en Italie, selon la mode romantique qui gouvernait l'air du temps. Le 30 décembre 1833, ils arrivent à Venise et s'installent au Daniéli. George Sand, fiévreuse, reste alitée et consacre ses journées à l'écriture pour subvenir aux frais qu'occasionnent leur luxueuse résidence ainsi que les frasques de Musset. Au mois de février 1834, Musset est sujet à une crise de démence. George Sand requiert l'aide du docteur Pagello. Tous deux se rapprochent si bien… qu'ils deviennent amants ! Le nouveau couple, d'abord prudent, néglige peu à peu les bienséances élémentaires face au malade. Musset, découvrant qu'une seule tasse de thé a été partagée par les amants, comprend son infortune. Il quitte Venise le 29 mars et rejoint Paris le 12 avril.

D'août à décembre 1834, les amants se revoient, alternant réconciliations et ruptures. En novembre 1834, George Sand n'hésite pas à couper ses cheveux pour les envoyer à Alfred, accompagnés de la dernière lettre de celui-ci, insérée dans une tête de mort ! Musset, dont l'alcoolisme s'avère de plus en plus destructeur, la menace d'un couteau devant ses propres enfants. George Sand s'enfuit à Nohant en décembre 1834. Malgré son issue désolante, cette liaison tourmentée se sera révélée très fructueuse sur un plan littéraire : en 1834, Musset a publié *Fantasio* et deux de ses chefs-d'œuvre, *On ne badine pas avec l'amour* et *Lorenzaccio*.

UNE PIÈCE AUTOBIOGRAPHIQUE ?

La transposition du vécu dans la pièce

Dans le cadre de cette passion, Paul de Musset – frère de l'auteur – a permis assez vite de préciser le contexte d'écriture de *Badine* : la pièce aurait été composée au printemps de 1834, au retour de Venise. Faut-il considérer comme lui que l'épisode vénitien apparaît de manière transparente dans l'œuvre ? Les ressemblances existent. Le titre, tout d'abord, est éloquent en ces circonstances ; le choix d'une héroïne au prénom mixte, Camille, l'est aussi. Son éducation au couvent rappelle celle que George Sand a reçue et racontée dans *Histoire de ma vie*. On mentionnera aussi la lutte des sexes, dont Musset a dit dans sa correspondance qu'elle avait empoisonné le début du voyage en Italie ; la vision des hommes infidèles que condamne le rigorisme de Camille, et qui semble tout droit sortie des critiques de George Sand à l'égard de son amant qui se dissipe auprès des courtisanes ; l'effort enfin de Perdican pour démontrer que l'amour du couple est la seule réalité qui donne sens à l'existence... Tous ces éléments témoignent de l'étroitesse des rapports qu'entretient l'écriture avec l'expérience vécue. Les références sont parfois manifestes : ainsi, la célèbre tirade de Perdican, en clôture de la scène 5 de l'acte II, est littéralement empruntée à une lettre de George, datée du 12 mai 1834, ce qui crée à l'évidence entre Musset et Sand une connivence, pour ne pas dire un dialogue.

Richesse et ambiguïté du discours théâtral

Cependant ce dialogue ne va pas sans ambiguïté. Musset confie ainsi à Perdican, dans la scène 5 de l'acte II, le soin de délivrer le plaidoyer de George Sand en faveur de l'amour. La guerre des sexes est-elle abolie parce qu'un jeune homme, auquel on a bien souvent (trop peut-être) voulu identifier Musset, prononce les mêmes mots qu'une femme sur le salut par l'amour ? On oublie ainsi dans quel contexte Perdican prononce ce discours. Le plaidoyer de George Sand est inséré dans un adieu proféré à l'adresse de Camille, adieu qui lui enjoint de reprendre à son compte ce discours sur l'amour, lorsqu'elle aura retrouvé ses compagnes du carmel : « Adieu, Camille, retourne à ton couvent, et lorsqu'on te fera de ces récits hideux qui t'ont empoisonnée, réponds ce que je vais te dire » (l. 991-993). Perdican énumère les défauts des deux sexes, ceux dont chacun inflige à l'autre le cruel reproche, avant de s'élever de l'abîme boueux du vice jusqu'à l'alchimie idéale de l'amour. Mais il propose à Camille de répéter un discours qui ne peut devenir le sien, tant elle souffre de son inexpérience de la vie, de son ignorance même de l'amour et d'une éducation qui lui a appris l'insensibilité des hommes, leur inconstance et leur pouvoir de blesser. Ainsi s'exprime la cruauté d'une situation dramatique qui ne laisse aucune chance à Camille et la rend totalement désemparée, étrangère à elle-même et déchirée entre deux discours dont aucun ne peut être le sien (celui des nonnes qui l'ensevelit dans la froideur mortuaire du couvent ; celui de Perdican qui exalte l'amour dans sa fugacité et sa souffrance). Il serait dès lors bien vain de vouloir faire correspondre George ou Alfred à tel ou tel personnage de la pièce, malgré les emprunts, les citations ou les ressemblances. Comme le rappelle Frank Lestringant, « si Alfred endosse pour finir, et à son corps défendant, le rôle de Perdican, il est aussi Camille, il est aussi Rosette – malgré l'absurdité apparente de la proposition[1] ».

Badine, dans la genèse passionnelle qui marque sa création, témoigne à l'évidence de ce printemps tragique des amants célèbres. Mais le dialogue qui s'instaure entre la littérature et la vie fait voler en éclats les clichés habituels, pour laisser sourdre une poésie du désenchantement : dans *Badine* comme dans la vie, il ne peut y avoir de solution sur terre à la passion qui se ment, par légèreté, par orgueil, ou encore par abandon à l'idéalisme romantique le plus éculé.

---

1. Frank Lestringant, *Alfred de Musset*, Flammarion, coll. « Grandes biographies », 1999, p. 257.

LA RÉCEPTION DE L'ŒUVRE

LA PREMIÈRE REPRÉSENTATION EN 1861

On ne badine pas avec l'amour est sans doute aujourd'hui, avec *Lorenzaccio*, la pièce la plus célèbre et la plus jouée de Musset. Cependant la consécration fut longue à venir. Recueillie dans le second volume d'*Un spectacle dans un fauteuil*, en août 1834, puis dans les *Comédies et proverbes* en 1840, la pièce ne fut représentée que le 18 novembre 1861 à la Comédie-française, soit quatre ans après la mort de son auteur. C'est Édouard Thierry, grand admirateur de Musset, nommé administrateur de la Comédie-Française en octobre 1859, qui voulut forcer le destin de cette pièce réputée injouable.

Un texte défiguré

En réalité, dès 1859, Paul de Musset opéra d'importants remaniements sur le proverbe dramatique. Les dix-huit tableaux différents se résumèrent à trois décors, un par acte : salle d'entrée du château ; paysage pittoresque sur la lisière d'un bois ; petit salon du château. Mais la pièce perdait ainsi beaucoup de son efficacité : l'abandon de la chambre de Camille puis de l'oratoire dans l'acte III ôtait au texte toute dimension intime et spirituelle. Le frère de Musset décida également de remodeler les actes afin d'équilibrer leur longueur. D'autres transformations affectèrent les répliques elles-mêmes, dont le frère du dramaturge ternit la puissance lyrique ou la fougue éloquente par des ajouts peu heureux : à la scène 5 de l'acte II, Camille, au lieu de rester muette face à l'ultime tirade de Perdican, répliquait : « Je leur dirai ce que vous m'avez répondu », sur quoi Perdican surenchérissait : « Va, je te conseille de prendre le voile ». D'autres modifications altérèrent l'esprit même de la pièce : par crainte de la censure, Bridaine devint tabellion (notaire de second ordre), pour rassurer le clergé. On dénaturait ainsi les intentions de Musset, en gommant la charge satirique exercée à travers l'abbé. Beaucoup de répliques jugées trop libres ou trop lestes en matière de religion ou de morale amoureuse furent aussi supprimées. Les coupures mutilant la scène 5 de l'acte II sont très importantes : les déclarations athées ou les conseils libertins de Perdican en matière de mariage, comme sa peinture du couvent, passèrent ainsi à la trappe ; les « maîtresses » (l. 732) de Perdican s'édulcorèrent en « amours », l'affrontement perdant largement de son âpreté et de sa provocation.

Un contexte difficile, un accueil mitigé

Pour combattre la censure, Édouard Thierry et Paul de Musset sollicitèrent l'appui du comte de Morny, président du corps législatif, pour permettre à la pièce d'être jouée avant l'été 1862. Entre soutiens et résistances, le rapport de censure, tout en professant une réelle admiration pour la pièce, ne put se résoudre à l'autoriser et s'en remit à l'avis ministériel. Ce refus de décider s'explique par un contexte délicat : l'on craignait que *Badine* n'alimentât une polémique de caractère politique, au vu du climat empoisonné qui régnait entre le pouvoir et le parti catholique. L'intervention de la France en faveur de l'unité italienne, la remise en cause du statut des congrégations suscitait déjà l'irritation de l'Église contre le gouvernement de Napoléon III. La pièce risquait donc, dans un tel cadre, de fournir l'occasion d'un affrontement public entre libéraux laïques et catholiques ultras. Ainsi les censeurs suggérèrent nombre d'aménagements, contraintes qui pesèrent sur un texte déjà largement amoindri.

La pièce fut jouée le 18 novembre 1861. Selon Francisque Sarcey, le public resta « indécis et froid[1] » : touché par certaines scènes et certains morceaux de bravoure de Perdican qui le charmèrent d'emblée, il fut déconcerté par la présence d'un chœur à l'antique et par l'emploi d'un style jugé trop poétique pour une comédie en prose. La critique tergiversa : le mélange des genres et des registres divisa ; on salua l'audace de l'administrateur de la Comédie-française mais on le blâma d'avoir présenté un texte défiguré par tant d'ajustements. Certains critiques affirmèrent leur enthousiasme, comme Édouard Fournier qui écrivit dans *La Patrie* le 25 novembre 1861 : « J'ai vu un drame fait avec rien, et cependant d'une puissance de pathétique inouïe, irrésistible, navrante ».

1. Francisque Sarcey, *Quarante ans de théâtre : feuilletons dramatiques*, Bibliothèque des « Annales politiques et littéraires », 1900-1902, t. IV, p. 277.

UN CLASSIQUE DU XXe SIÈCLE

Une reprise de la pièce eut lieu en 1881. En 1910, *Badine* devint en l'espace de huit représentations une comédie lyrique en trois actes, jouée à l'Opéra-Comique. Le texte de la pièce, longtemps, fut joué dans la version établie par Paul de Musset. Dès 1900 pourtant, les critiques réclamaient le retour au texte original. Ce fut le cas à l'Odéon en 1917, mais la représentation fut desservie par la musique de Saint-Saëns, qu'on jugea sèche et froide. En 1923, la Comédie-française, grâce à l'un de ses brillants sociétaires, Granval, imagina un dispositif de plateau tournant permettant, d'un tableau à l'autre, des changements de décor immédiats. La créativité de cette mise en scène était à la mesure de son audace, puisqu'elle affichait le parti pris de décors naïfs, « cubistes » dit-on à l'époque, et d'un burlesque accentué : la table dressée au château pour le festin... peinte sur une toile, souleva l'étonnement et la critique. Cependant la représentation bénéficiait d'un atout majeur, en la personne de Pierre Fresnay, interprète exceptionnel de Perdican.

Depuis lors, la pièce n'a cessé d'être montée. Dans les années de l'entre-deux-guerres, Musset devient un des auteurs le plus souvent choisis au concours du conservatoire : la scène à la fontaine dans *Badine* y acquiert la réputation de couplet classique... La souplesse de *Badine* et sa part d'implicite laissent le champ libre au metteur en scène. La pièce est un défi pour tout metteur en scène, voire une épreuve, dont on ne sort pas toujours indemne. Jean-Louis Barrault monte la pièce au théâtre Marigny en 1951, avec Jean Desailly et Simone Valère. Si beaucoup de critiques s'accordent à trouver la représentation brillante, il n'en va pas de même du metteur en scène qui, après y avoir réfléchi, fait cet aveu déroutant : « Au reste, je suis insuffisant pour Musset[1] ».

1. Jean-Louis Barrault, *Nouvelles Réflexions sur le théâtre*, préface d'Armand Salacrou, Flammarion, 1959, p. 236.

QUELQUES INTERPRÉTATIONS MARQUANTES

L'interprétation du TNP (février 1959)

L'expérience n'est pas toujours aussi difficile. Au premier rang des réussites, il faut bien entendu citer la représentation du Théâtre National Populaire (TNP) qui obtint l'un de ses plus grands succès avec la pièce de Musset, mise en scène par René Clair. Les décors d'Édouard Pignon certes déroutent avec leur débauche de couleurs crues mais on retrouve dans les rôles principaux deux comédiens exceptionnels, Suzanne Flon et Gérard Philipe. Éblouissant, il transfigure le rôle de Perdican. Chaque parcelle du texte est rendue dans un élan vibrant de passion contenue, les outrances mêmes de la prose de Musset, ses métaphores presque grotesques si on les lisait à froid, sont magnifiquement traduites.

Gérard Philipe, qui semblait taillé pour incarner le héros romantique, parvient à donner le sentiment d'une souffrance vivante, un mélange de ricanement, de silence et de déchirement. Il évite les écueils de la grandiloquence et de la facilité verbale, par un jeu qui, dans sa retenue, prouve chez le personnage la conscience même de ses excès de langage. Cette interprétation a assurément longtemps marqué le rôle, qui fut le dernier du comédien au théâtre.

Une interprétation politique (Aubervilliers, 1977)

Les interprétations du TNP, celle de Jean Vilar comme celle de René Clair, tendaient déjà également à mettre en relief la valeur satirique de certaines scènes et ouvraient ainsi la voie à l'exploitation de la dimension politique du théâtre de Musset.

Cette direction sera reprise par Régis Santon au Théâtre de la Commune d'Aubervilliers, en 1977. Sur une scène malheureusement trop étriquée pour le dispositif imaginé, Santon veut souligner l'importance du milieu où se déroule l'affrontement entre Camille et Perdican. L'atmosphère patriarcale prérévolutionnaire est totalement renversée au dernier acte où éclate la Révolution, des sans-culottes prenant possession de la scène. Perdican avait auparavant tiré de sa poche une cocarde tricolore, tandis qu'il badinait avec Rosette : il revenait de Paris sans avoir pourtant compris le sens de la prise de la Bastille et se montrait fort satisfait d'assumer son héritage. Le chœur, dans cette proposition scénique, devenait un paysan instruit, peu à peu actif en rejoignant la Révolution. La dénonciation de la morgue aristocratique par Musset prenait ainsi un tour radical.

Les interprétations de Jean-Pierre Vincent (1988, 1991, 1993)

Jean-Pierre Vincent affirme avoir songé dès 1970 à monter la pièce dans le cadre d'un ensemble sur Vichy et la France profonde. Dans un texte inédit, intitulé *Revoir Badine*, il précise son interprétation : « Nous avons réalisé *Vichy Fictions* en 1980 et *Badine* beaucoup plus tard. C'était alors le récit d'un fait divers crapuleux, le malheur de trois jeunes gens étouffés, impuissants dans la France des cloches et des notaires [1] ». Il s'agit du programme théâtral mené à Sartrouville en 1988 et du premier essai de Jean-Pierre Vincent face à Musset. L'effort de transposition historique auquel songeait ce brillant metteur en scène est comme souvent provocant mais n'épuise pas sa lecture : « Entre *Badine* et nous c'est une longue histoire. Il est des pièces qui vous tiennent au cœur, et au corps. Elles ont des secrets, des réserves remarquables. Elles sont sans doute l'énigme qu'il faut absolument traquer, la question qui ne vous laisse pas tranquille [2] ».

De fait, Jean-Pierre Vincent a plusieurs fois interrogé le texte de Musset et mis en scène la pièce dans des cycles différents. Il monte le proverbe dans une perspective nouvelle et avec des comédiens presque tous différents, au Théâtre de la Ville à Paris en 1991, puis au Théâtre des Amandiers à Nanterre en 1993. L'orgueilleuse Camille gagne en énergie sensuelle dans le jeu d'Emmanuelle Béart, salué par les critiques de l'époque : l'alternance flamboyante des costumes imaginés par Patrice Cauchetier pour le personnage souligne l'avènement de la femme en Camille et ses tourments intérieurs y gagnent une redoutable acuité, une grâce dévorante.

1. Jean-Pierre Vincent, *Revoir Badine*, texte inédit, cité par Romain Lancrey-Javal dans son édition d'*On ne badine pas avec l'amour*, Hachette éducation, 1993. \ **2.** Jean-Pierre Vincent, *Revoir Badine*, texte inédit, cité par Romain Lancrey-Javal dans son édition d'*On ne badine pas avec l'amour*, Hachette éducation, 1993.

L'interprétation du Théâtre du Chêne noir (Avignon, 2005)

Au Théâtre du Chêne noir en Avignon en 2005, la création de Gérard Gelas suggérait le pouvoir implacable d'un ordre social crispé sur ses privilèges et désireux d'éliminer tout obstacle à son règne : le baron, dans cette mise en scène, s'avérait un personnage dominant, redoutable, écrasant de sa masse physique les autres personnages, exprimant son pouvoir par la violence gestuelle. Dès lors, le badinage pouvait se perdre dans ses ramifications charmantes et orgueilleuses, les fantoches s'agiter dans un burlesque réjouissant : tel un leitmotiv, le retour du baron disait assez le triomphe des valeurs sociales dominantes, par l'écrasement silencieux des plus faibles, le viol, puis le meurtre, au sens propre, de l'innocence par le garant de l'ordre et du pouvoir. Car la création de Gérard Gelas exploite à dessein une brèche du texte : la mort de Rosette, dont rien ne vient déflorer le mystère dans le texte même de la pièce, puisqu'elle se réalise hors scène. De quoi meurt réellement Rosette ? L'implicite du texte peut être exploité délibérément par le metteur en scène pour suggérer une vision plus originale que celle du baiser qui tue. Une lecture politique cohérente peut alors s'opérer en offrant ici au baron l'occasion de supprimer le défi à l'ordre social que représente le mariage avec Rosette. La rencontre entre Éros et Thanatos qui éclaire d'un jour sombre cette lecture de la pièce se fait sous les auspices de l'inflexible mécanique sociale.

« UNE FORME DE LIBERTÉ REMARQUABLE »

Dans ce théâtre de la suggestion, du rêve et du secret des cœurs, la pièce offre matière à perpétuelle réinvention. Les fantoches sont tantôt des caricatures bouffonnes, d'un burlesque échevelé, d'un comique débridé (dans la mise en scène du Théâtre de l'Est Parisien, en 1979, l'âne de dame Pluche était un comédien coiffé d'un masque de l'animal et tirant une charrette !), tantôt des figures plus humaines, plus frustrées que mécaniques (mise en scène de Caroline Huppert), presque plus touchantes par leur impuissance que ridicules (proposition d'interprétation de Jean-Pierre Vincent). Le chœur, personnage anonyme, à fonctions multiples dans la pièce, revêt des incarnations variées : groupe allègrement ironique (mise en scène de Jean Vilar au TNP en 1959), il peut se réduire à quelques personnages, voire deux (mise en scène de Caroline Huppert qui propose un jeune homme et une jeune femme, figurations lumineuses, tournées vers l'extérieur) ou même un seul (mise en scène de Gérard Gelas, où le chœur s'enrichit de sentiments amoureux à l'égard de Rosette).

Ainsi se dessine l'évidence stimulante d'un « théâtre expérimental », marqué par les audaces dramaturgiques, l'irrévérence sociale et esthétique, le sens du silence et de l'ambiguïté, qui offre autant de virtualités poétiques au metteur en scène. L'on ne cesse de monter chaque année *Badine*, car comme le rappelle Jean-Pierre Vincent, la pièce représente « une forme de liberté remarquable dans le concert académique de nos classiques[1] ».

GROUPEMENT DE TEXTES : LE THÉÂTRE ET LA VIE, UNE ASSOCIATION ROMANTIQUE AU-DELÀ DES CLICHÉS

Après avoir lu l'ensemble des textes ci-dessous, vous répondrez aux questions suivantes :

1. Au vu du document 3, quel lien complexe s'établit entre la littérature et la vie dans l'œuvre théâtrale de Musset ? Comment l'interprétez-vous et quelle importance faut-il selon vous lui accorder dans la lecture de la pièce ?

2. Confrontez la définition du théâtre moderne selon Musset (texte 1), les conseils que Louis Jouvet adresse à ses élèves (texte 2) et les choix d'un metteur en scène contemporain (texte 4). Que vous apprend cette comparaison sur les ambitions du théâtre de Musset, les difficultés ou les chances qu'il présente ?

TEXTE 1 • Alfred de Musset, « Un mot sur l'art moderne » (1er septembre 1833)

Revue des deux mondes.

Dans cet article critique, Musset vient de préciser qu'il existe « deux sortes de littératures : l'une, en dehors de la vie, théâtrale, n'appartenant

1. Jean-Pierre Vincent, *Revoir Badine*, texte inédit, cité par Romain Lancrey-Javal dans son édition d'*On ne badine pas avec l'amour*, Hachette éducation, 1993.

à aucun siècle ; l'autre tenant au siècle qui la produit, résultant des circonstances, parfois mourant avec elles, et quelquefois les immortalisant. »

Or maintenant, laquelle de ces deux routes voyons-nous qu'on suive aujourd'hui ? Il est facile de répondre qu'on n'a pas tenté la dernière. Nos théâtres portent les costumes des temps passés ; nos romans en parlent parfois la langue ; nos tableaux ont suivi la mode, et nos musiciens eux-mêmes pourraient finir par s'y soumettre. Où voit-on un peintre, un poète, préoccupé de ce qui se passe, non pas à Venise ou à Cadix, mais à Paris, à droite ou à gauche ? Que nous dit-on de nous dans les théâtres ? de nous dans les livres ? et j'allais dire, de nous dans le forum ? car Dieu sait de quoi parlent ceux qui ont la parole. Nous ne créons que des fantômes, ou si, pour nous distraire, nous regardons dans la rue, c'est pour y peindre un âne savant ou un artilleur de la garde nationale.

Reste donc la littérature théâtrale, je dirais presque la littérature immobile, celle qui ne s'inquiète ni des temps ni des lieux. Celle-là, nous l'avons tentée, et c'est ici que je m'arrête. Lorsqu'un siècle est mauvais, lorsqu'on vit dans un temps où il n'y a ni religion, ni morale, ni foi dans l'avenir, ni croyance au passé ; lorsqu'on écrit pour ce siècle, on peut braver toutes les règles, renverser toutes les statues ; on peut prendre pour dieu le mal et le malheur, on peut faire les *Brigands* de Schiller, si l'on est Schiller par hasard, et répondre d'avance aux hommes qui vous jugeront un jour : « Mon siècle était ainsi, je l'ai peint comme je l'ai trouvé ». [...]

Les règles sont tristes, je l'avoue ; et c'est parce qu'elles sont tristes que la littérature théâtrale est morte aujourd'hui, c'est parce que nous n'avons plus Louis XIV et Versailles qu'on ne joue plus *Athalie,* c'est parce que César est mort que nous ne lisons plus Virgile ; c'est parce que notre siècle est l'antipode des grands siècles, que nous brisons leur pâle idole, et que nous la foulons aux pieds.

TEXTE 2 • Louis Jouvet, *Tragédie classique et théâtre du XIXe siècle* (1968)

Dans sa classe du 1er juin 1940, Louis Jouvet commente le jeu de deux de ses élèves du Conservatoire national d'Art dramatique, qui viennent d'interpréter la scène 5 de l'acte II d'*On ne badine pas avec l'amour*.

Ils sont tous deux de bonne foi ; Camille, du moins, veut s'expliquer, mais dans tout ce que tu as fait, Claudia, il y a beaucoup trop de conscience. C'est en réalité dans une sorte d'inconscience qu'est Camille. Ce qu'il y a de réfléchi en toi, à quoi tu donnes un certain mouvement, n'est pas juste. Cela manque de cette impétuosité intérieure qui fait que le mouvement serait un peu plus bousculé. Camille se cherche ; elle ment de temps en temps, mais toi tu mens d'une façon posée. Ce mouvement que vous avez donné, ce ton que vous avez pris, ce côté réfléchi et calculé, ces arguments pensés avec précision sont impossibles dans deux êtres comme ceux-là ; c'est impossible dans l'évolution de ces deux êtres au moment du malentendu final qui doit être un drame.

Il faut que ce soit beaucoup plus inconscient. C'est un combat. Ce sont deux êtres qui s'affrontent. Il y a le même malentendu entre l'homme et la femme qu'il y a dans toutes les pièces de Marivaux, et là Perdican donne la définition de tous les personnages de Marivaux : « Tous les hommes sont... hypocrites..., toutes les femmes sont perfides... » Hommes et femmes sont ainsi parce qu'ils sont amoureux. Et ces deux êtres ne peuvent pas dire tout cela avec une pleine conscience de ce qu'ils disent. C'est justement dans l'inconscience où ils sont quand ils disent ces choses qu'ils révèlent le fameux problème de l'homme et de la femme.

TEXTE 3 • Frank Lestringant, *Alfred de Musset* (1999)

Dans la deuxième partie de sa biographie, intitulée « Le cycle de George », Frank Lestringant évoque les conditions particulières d'écriture de la pièce.

Il convient toutefois de ne pas simplifier à l'excès. Si Alfred endosse pour finir, et à son corps défendant, le rôle de Perdican, il est aussi

Camille, il est aussi Rosette – malgré l'absurdité apparente de la proposition. Car il faut bien prendre garde à ce conseil que Musset, un peu plus tard, donnera à la princesse di Belgiojoso qui se mêle d'écrire du théâtre : « Vous me parlez du moyen de déguiser les personnages. Il y en a un bien simple, c'est de changer les sexes. Il s'agit, je suppose, d'une femme qui a un mari qui l'ennuie et un cousin qui l'adore ; ce sera un mari que sa femme excède et que sa cousine idolâtre. Cela vous paraîtra peut-être bizarre, mais songez que le ridicule n'a pas de sexe, sinon dans quelques nuances qu'on sacrifie ou qu'on retourne. » Et Musset glisse cette confidence, qui est une clef pour toute son œuvre dramatique : « Je l'ai essayé déjà et plus aisément que je ne croyais. » Le même jour, très fier de sa trouvaille, il la répète à Mme Jaubert : « Pour ma part, je n'ai qu'un moyen, et je l'ai proposé. C'est de garder les faits autant que possible, les caractères *idem*, et de changer les hommes en femmes et réciproquement. Qu'en pensez-vous ? Je l'ai déjà fait et m'en suis bien trouvé. » Rien d'étonnant si Perdican emprunte la voix et les inflexions de George, quand il décrète, face à Camille, le salut par l'amour. Camille la sévère et Perdican le tendre, une nonne au cœur viril, un jeune homme aux caprices de bergère.

Dans *Badine*, c'est aussi le grand retour des fantoches, ces pantins qui s'agitent mécaniquement à l'arrière-plan du drame et forment un contraste ironique avec les jeunes premiers à l'avant-scène. Il n'y en a jamais eu autant dans le théâtre de Musset, et il n'y en aura plus ensuite. Le Baron agrippé au protocole et bouffi de creuse éloquence, Blazius l'ivrogne et Bridaine le repu, dame Pluche sèche comme une trique, confite en dévotion et en haine du prochain, autant de symboles abrégés et parodiques de la condition humaine. C'est comme si, d'un seul coup, tout l'*Album* de George Sand se déversait sur le théâtre, comme si de ces pages crayonnées et griffées à traits de plume les silhouettes s'envolaient et s'animaient, secouées de hoquets, de cris, de sanglots. Musset, dans ce versant hoffmannien de son inspiration, renoue avec les fantasmagories d'avant Venise.

TEXTE 4 • Gérard Gelas, *Notes de mise en scène et d'intention sur On ne badine pas avec l'amour* (2005)

Pour sa création d'*On ne badine pas avec l'amour*, le metteur en scène a pris en notes ses réflexions sur la pièce.

Musset reste pour moi d'une criante actualité ; il sait, comme nul autre, saisir les mouvements du cœur et de l'être. Toute son œuvre est une quête de vérité, c'est d'autant plus touchant aujourd'hui dans la société qui est la nôtre. Il fait, par l'absurde (la mort), la démonstration des conséquences de certains de nos actes.

Mettre en scène *On ne badine pas avec l'amour*, c'est aussi proposer un regard différent sur les textes dits classiques. C'est chercher une vérité autre qui fait s'éloigner le texte de la farce pour le rapprocher de la tragédie. Et chercher aussi, ce point de rupture entre *Éros* et *Thanatos*, entre *Amour* et *Mort*, où se retrouvent dans le creuset des sentiments humains quelques clés pour ouvrir une porte que l'on appelle, un peu par facilité, le destin.

Le piège, aujourd'hui, est de vouloir absolument mettre « sa patte de metteur en scène » en illustrant de manière parfois grossière le temps présent.

Selon moi, le grand Art est de ne rien justifier, de ne rien expliquer ; seulement de mettre en lumière la puissance de l'œuvre.

Il ne s'agira donc pas de surligner de façon outrancière la contemporanéité de l'œuvre.

Il ne s'agira pas non plus de monter un classique tel qu'il a pu l'être du temps de Musset. Ce serait une recherche illusoire.

Il s'agira, tout simplement, de retourner à l'essence même de l'œuvre, en dégageant la pureté de ses propos et de ses rapports humains. C'est dans cette pureté, que nous trouverons ensemble, nous artistes, et vous spectateurs, de façon à conserver cette part majeure qu'est la part du public, la contemporanéité de cette pièce.

L'ŒUVRE DANS UN GENRE

Si les contemporains de Musset le reconnurent davantage comme poète que comme dramaturge, la postérité considère que c'est surtout la pratique théâtrale de l'auteur qui fait son actualité. Sa veine lyrique le conduit en fait à une approche particulière de l'art dramatique : un *théâtre poétique*. Ses principales caractéristiques dans *Badine* apparaissent dans la forme du proverbe dramatique, l'abandon des « règles tristes » ainsi que le mélange des registres.

LE CHOIX DE LA FORME DU « PROVERBE DRAMATIQUE »

UN TITRE PARADOXAL

Le titre semble inscrire naturellement la pièce dans le genre du proverbe : l'alliance du pronom personnel indéfini à valeur généralisante, du présent de vérité générale et de l'expression de la défense, via la tournure négative, paraît énoncer une règle morale, un interdit, à travers une formule toute faite, populaire et anonyme. Ce mode d'expression n'est pas isolé chez Musset : il se vérifie dans d'autres titres de la série des *Comédies et Proverbes* : *Il ne faut jurer de rien* (1836), *Il faut qu'une porte soit ouverte ou fermée* (1845), *On ne saurait penser à tout* (1849). Un titre comme *On ne badine pas avec l'amour* renvoie à l'expression d'une vérité communément admise, sonne comme un avertissement à peine déguisé.

S'agit-il dès lors de vérifier une leçon connue de tous ou de mettre en garde ces êtres légers, qui jouent avec les émois du cœur ? Le titre interroge d'emblée l'inscription de la pièce dans le genre proverbial : il exprime une volonté de dénoncer ironiquement toutes les formules admises, les propos stéréotypés du langage amoureux, ces coquetteries galantes qui amènent à s'abriter derrière un discours convenu, masquant la sincérité des cœurs, comme le déplore Perdican à l'adresse de Camille : « je ne crois pas que ce soit toi qui parles » (l. 857-858).

LES SOURCES DU PROVERBE

Le proverbe, genre mineur de la comédie, trouve son origine dans les divertissements mondains pratiqués dans les salons précieux du XVIIe siècle : on jouait de petites pièces improvisées, illustrant un proverbe qu'il fallait deviner, à la manière d'une énigme. Au XVIIIe siècle, ce jeu raffiné s'étend grâce à des auteurs comme Carmontelle, qui lui confère la stature d'un véritable genre littéraire. Cet ami du grand-père de Musset publie huit volumes de proverbes, qui cherchent à divertir tout en illustrant les mœurs de la société contemporaine. Le genre connaît ensuite une éclipse durant la Révolution et l'Empire et réapparaît sous la Restauration. Mais son cadre d'expression a changé : désertant en partie les salons, les proverbes de Carmontelle, ou ceux de nouveaux auteurs tels que Sauvage, Romieu ou Scribe, sont joués sur les scènes des Boulevards. C'est Théodore Leclercq qui consacre véritablement le genre au XIXe siècle : des pièces telles qu'*On attrape plus de mouches avec du miel qu'avec du vinaigre* ou *Qui a bu boira* connaissent un franc succès sur les scènes parisiennes de 1820 à 1830, surtout lorsque leur auteur raille le pouvoir des ultras et du clergé. La formule du proverbe ne constitue plus dans ses pièces l'énigme donnée à deviner par l'action, mais s'inscrit dans le titre même de l'œuvre dramatique et souvent la clôture. Conquis par l'audience nouvelle que connaît le genre théâtral, Alfred de Vigny s'y essaye à son tour : *Quitte pour la peur* est représentée à l'Opéra en 1833.

C'est dans un genre en partie dépoussiéré et sur les traces d'un illustre aîné que Musset prétend s'illustrer avec *Badine*. Mais il revisite le proverbe dramatique pour mieux le pervertir.

LA RELECTURE D'UN GENRE CODÉ

Un proverbe politisé

Le genre du proverbe se définit par son caractère léger et aristocratique, legs d'un temps antérieur à la révolution française. C'est donc un mode d'expression fort adapté à cette époque encore proche de la Restauration, où les nobles, tels le baron de *Badine*, s'expriment en grands seigneurs d'Ancien Régime, tout en évaluant, comme des usuriers, le coût de l'éducation de leur progéniture : celle de Camille et Perdican « me coûte six mille écus », (l. 120) établit ainsi le baron. À travers ce personnage, mais aussi à travers celui de Perdican ou de Camille dans leurs liens avec le chœur et Rosette, la pièce interroge ces résurgences féodales, montrant la morgue des aristocrates à l'égard de leurs vassaux. Plus généralement, la pièce nous livre un certain reflet de la société, l'image d'un monde ancien qui perdure au XIXe siècle et étouffe la jeunesse sous le poids d'une autorité archaïque, de l'argent et de la religion. Si *Badine* respecte le cadre aristocratique du proverbe, c'est donc pour mieux en dénoncer les limites et les abus, à travers le pouvoir discrédité du baron et sa vénalité, le ridicule dévoyé des représentants de la religion, et surtout la manipulation de Rosette, la bergère en fleur qui complète le jeu amoureux complexe mené par les deux jeunes nobles, jeu qu'elle ne comprend ni ne maîtrise, puisqu'elle en est précisément l'instrument. Son destin tragique incarne le sacrifice de l'innocence populaire.

Un badinage revisité

Le proverbe, originellement réservé à un public privilégié, exalte le langage mondain, dont la finesse est une preuve d'aisance, de bon goût, donc de rang social. Ce langage supérieur triomphe dans les comédies du XVIIIe siècle, à travers sa quintessence, le badinage, qui s'oppose dans sa subtile légèreté à la parole ronflante de certitude des pédants. Les deux abbés de *Badine*, maître Bridaine et maître Blazius, illustrent magistralement cette dernière, puisqu'« armés d'une égale impudence », « aussi ignorants l'un que l'autre » (l. 255, 266), ils se livrent une véritable guerre pour maintenir leur influence auprès du baron et rivalisent de « questions pédantes » (l. 263-264). L'enflure burlesque de leur parole souligne en contrepoint le caractère ludique, ambigu, puis dramatique et tragique du badinage des trois jeunes gens de la pièce. L'emploi grotesque des cuistres est donc maintenu par Musset, mais pour mieux mettre en évidence, par contraste, la portée d'un badinage, dont on doit souligner qu'il est récusé par le titre même de la pièce. Si le badinage conserve son élégance chez Musset, il se présente aussi comme un jeu fatal où l'insouciance, l'orgueil et le caprice se taillent une part de choix, au mépris de la vérité du cœur. Le langage caractéristique du proverbe dramatique n'est donc repris que pour être mieux dénoncé dans ses prolongements tragiques.

QUELLE LEÇON POUR QUEL PROVERBE ?

S'il est une leçon délivrée par ce proverbe, elle ne saurait seulement porter sur les fantoches de la pièce, c'est-à-dire ces personnages grotesques que sont maître Bridaine et maître Blazius, ou bien dame Pluche, autre caricature convenue, ou encore ce noble de province, hobereau jaloux de son autorité archaïque, deus ex machina totalement dépassé, que représente le baron, type comique traditionnel. Car le proverbe ne se réduit pas chez Musset à la satire de mœurs (selon l'adage antique, *castigat ridendo mores*, l'œuvre dramatique prétendant alors corriger par le rire les défauts de types humains conventionnels), ni même à la satire sociale (comme dénonciation par le ridicule des valeurs étouffantes et passéistes de la Restauration). Le proverbe est ici avant tout leçon sentimentale, déclinaison de toute la grammaire de la passion, dans ses délices et ses inconséquences effroyables, exaltation du caractère sacré de l'amour, qui récuse l'idée futile du jeu. Telle est sans doute, en définitive, l'interrogation la plus profonde que nous soumet le proverbe de Musset : est-il légitime de jouer la comédie en matière de sentiments ? jusqu'où peut-on tromper l'autre ? où s'arrête le plaisir, où commence le danger du jeu ?

Le proverbe dramatique se leste ainsi chez Musset d'une certaine gravité car il nous montre le terrible isolement des jeunes amoureux au sein de la bouffonnerie sociale et religieuse. Leur désir d'absolu les élève de la farce pitoyable d'un univers aux couleurs de la Restauration jusqu'à la comédie subtile de l'amour. Mais ces jeunes premiers sont peu rompus à l'exercice théâtral : croyant se livrer avec aisance aux chassés-croisés et aux arabesques gracieuses du marivaudage, ils sont entraînés vers le drame et son épouvantable goût de sang. Le proverbe dramatique s'apparente donc ici à une comédie funeste, qui piège ses protagonistes à leur propre jeu amoureux. Cette curieuse variation dramatique de Musset emprunte donc au grotesque le plus pur, au badinage le plus ciselé, au lyrique le plus échevelé et au pathétique le plus nu, parce qu'elle peut aussi se lire, par défaut peut-être, comme une quête éperdue de la sincérité des êtres.

L'ABANDON DES « RÈGLES TRISTES »

Les règles classiques concernent la structure dramaturgique, à travers les fameuses questions des unités (temps, lieu, action), de la vraisemblance et des bienséances. Il s'agit de gagner en concentration, en clarté et en crédibilité. Faire coïncider la durée réelle de l'acte avec la durée de l'action représentée permet en effet de resserrer la pièce sur le moment critique de l'intrigue, la crise, dans un espace restreint qui va décupler sa puissance. Les classiques cherchaient à ne pas choquer le bon sens du public, en lui proposant des situations exemplaires, obéissant aux bienséances externes (ne pas se battre sur scène, ne pas y mourir, ne pas y manger, adopter un registre stylistique qui convienne à chaque genre) et internes (respecter l'unité des caractères, la pièce se voulant une investigation de l'âme humaine).

LA REMISE EN CAUSE DU CLASSICISME

Au XIXe siècle, l'heure n'est plus au classicisme. Autour de Nodier et du salon de l'Arsenal, puis de Hugo et de son cénacle, vont s'effectuer les regroupements décisifs des novateurs. Le romantisme français va d'abord créer cette sensation d'un souffle nouveau au sein de la poésie, mais c'est dans sa volonté de rénovation théâtrale qu'il va véritablement prendre conscience de lui même.

Stendhal, en 1823, dans *Racine et Shakespeare*, réclamait la création d'une tragédie pour « âmes fortes » sur les traces du grand dramaturge élisabéthain, une « tragédie en prose qui dure plusieurs mois et se passe en divers lieux », au nom de la liberté et de la modernité. Hugo, en 1827, définit le théâtre comme « poésie complète » dans la *Préface de Cromwell*. Comme Stendhal, il récuse les règles et les modèles, s'en prend aux trois unités et revendique le mélange des genres (donc des registres), qui seul peut rendre compte de la complexité du réel. Ce texte fondateur pose des jalons essentiels pour déterminer le mouvement romantique, puisque celui-ci prône un théâtre libéré des règles du passé, traitant des sujets neufs dans un style neuf : loin des motifs antiques ou mythologiques, il faudra en effet puiser dans l'histoire moderne pour atteindre une portée véritablement politique et engendrer une conscience critique chez les spectateurs. La représentation d'*Hernani* et la célèbre bataille que la pièce engendre en 1830 à la Comédie-Française, fief du classicisme, graveront à jamais dans le marbre le scandale et la provocation que constituaient, pour beaucoup de spectateurs de l'époque, ces thèses sur le théâtre et leur mise en œuvre fracassante sur les scènes parisiennes.

INDÉPENDANCE ET SOUPLESSE DE MUSSET : LE TRAITEMENT DE L'ESPACE ET DU TEMPS DANS L'ŒUVRE

Musset savait, tout en y participant, se monter critique face au romantisme, moquant ses prétentions et son style outré. Cette indépendance d'esprit s'exprime dans *Badine*, qui reflète toute la souplesse de la liberté poétique de son auteur.

Espace symbolique, espace intérieur

Si l'on examine la question souvent délicate des lieux dans le théâtre de Musset, on est frappé dans la pièce de leur savante et complexe distribution. Ainsi, l'acte I paraît dévolu à l'espace social supérieur du château et des lieux de rencontre qui lui sont associés ; l'acte II propose à nouveau cet espace mais en alternance avec un espace naturel, marqué par un jardin (II, 1), un champ devant une petite maison (II, 3), une fontaine dans un bois (II, 5) ; puis, dans l'acte III, on repart de l'espace naturel du chemin et du petit bois (III, 2 et III, 3) vers le château après deux espaces de transition non identifiés (place ou chemin en III, 4 ? ; place ou salle en III, 5 ?) ; mais il s'agit alors du château envisagé dans ses profondeurs intimes et sacrées, la chambre de Camille (III, 6) et l'oratoire (III, 8).

De l'acte II à l'acte III aucun lieu nouveau n'apparaît : plus rien d'extérieur ne semble pouvoir survenir pour perturber le fil de l'action. De plus, tout ce qui concerne l'espace social disparaît après la première scène de l'acte III, pour laisser place à l'espace naturel, qui a permis dès l'acte II l'épreuve sentimentale des cœurs, leurs pièges et leurs jeux masqués pour forcer l'autre à se dire. Cependant, l'espace se resserre puisqu'on débouche sur le lieu secret, virginal de la chambre de Camille (III, 6), qui s'ouvre lui-même sur l'intimité sublimée, l'oratoire du dénouement (III, 8). La progression du décor permet donc de passer de l'espace social, ouvert à chacun, multiple, à l'espace intime puis religieux où le cœur se révèle dans l'amour humain comme dans l'amour divin qui le transporte, l'espace naturel jouant, au centre, le rôle de révélateur et d'accélérateur des sentiments, dans un lieu où ne s'exerce pas la pression sociale. La progression du décor dans *Badine* est donc éminemment symbolique, puisqu'on chemine peu à peu vers le cœur et ses recoins secrets. L'oratoire, par sa dimension sacrée, symbolise aussi bien la vérité des cœurs mis à nu face à Dieu, que l'idée de sacrifice, voire de châtiment.

Espace impossible, espace métonymique, espace poétique

L'espace théâtral impose une véritable gageure aux metteurs en scène. Les premières représentations, à la Comédie-Française, à partir du 18 novembre 1861, ramènent les décors de quinze à trois, en permutant quelques scènes et en effectuant quelques raccords... Autant dire que l'espace et donc la pièce tout entière sont recomposés pour la rendre techniquement jouable à l'époque. Les contraintes étaient lourdes au XIXe siècle : les décors étaient constitués de toiles peintes en trompe-l'œil, d'architectures et de mobiliers encombrants, difficiles à mouvoir sur scène. Le texte original de *Badine* ne sera respecté dans sa grande variété spatiale qu'à partir du moment où Granval, au début du XXe siècle, invente le plateau tournant. Cependant, la réelle remise au goût du jour de Musset et la véritable solution apportée aux problèmes techniques engendrés par la multiplicité des décors apparaissent au milieu du XXe siècle : c'est le vide même de la scène qui s'affiche, le choix délibéré de l'épure et du dépouillement.

La mise en scène de Gérard Gelas au Théâtre du Chêne noir d'Avignon, en novembre 2005, stylisait ainsi le décor à l'extrême, le réduisant à deux jeux d'escaliers mobiles, comportant des caches où pouvaient se nicher les personnages et formant par leur réunion une sorte d'arche. La dichotomie entre espace social et espace naturel était marquée par le fait que seuls les personnages subalternes (le chœur, Rosette) déplaçaient ce décor ou l'astiquaient ; ils n'y montaient que pour imiter les maîtres. Les fantoches, forts de leur pouvoir surplombant (le baron), de leur bigoterie (dame Pluche), de leur cuistrerie ou de leur alcoolisme (les deux abbés) y montaient ou en descendaient sans cesse, y séjournaient, s'y épanchaient ou s'y heurtaient. Les protagonistes pouvaient s'y cacher, pour s'abriter de la pluie ou écouter la scène qui leur était jouée (III, 3), suggérant ainsi l'espace intime du cœur, en étant lovés sous les marches de ces escaliers.

C'est le jeu des comédiens qui, dès lors, invitait à imaginer la fontaine, le champ, le petit bois…

On voit à quelle épure du décor peut conduire la pièce ainsi interprétée quand la mise en scène tend à représenter par métonymies plusieurs lieux dans le même espace : par un indice, un accessoire, le spectateur situe l'espace de la fiction théâtrale. Ainsi, dans la mise en scène de Jean-Pierre Vincent au Théâtre des Amandiers de Nanterre, chaque lieu de *Badine* était figuré par un élément de décor minimal : côté cour, une tonnelle et un luxueux fauteuil suggérant la demeure du baron ; une toile de fond représentant l'église ; une fontaine au centre pour le rendez-vous des amants ; une grille, côté jardin, pour séparer symboliquement le domaine du baron de ses vassaux. L'absence de réalisme suggérait ainsi un théâtre intimiste, un parcours lyrique à travers un décor symbolique, un univers où tout cédait à la fluidité des signes pour exprimer une vision purement poétique de l'espace au théâtre.

Une temporalité symbolique, sous l'égide ambiguë des repas et du vin

La vie des personnages est organisée symboliquement, autour du repère fondamental des repas de la mi-journée, qui marque l'appartenance à un groupe social, ses mœurs et ses rites. Cette heure de midi retentit trois fois dans la pièce, chaque acte correspondant à une journée. Elle marque à l'acte I le retour de Camille et de Perdican au château et signe donc leur entrée dans le monde social des adultes. À l'acte II, l'heure est mentionnée durant la scène 5, c'est l'heure du rendez-vous fixé par Camille à Perdican, dans le billet que celui-ci lit à haute voix au début de la scène. Or, il s'agit du moment central dans la pièce, où les deux protagonistes s'expliquent sans se convaincre, dans une passe d'armes sans réelle victoire. À l'acte III, l'heure est évoquée par un fantoche, maître Bridaine, sur le mode de la déploration grotesque, puis de la consécration vengeresse (III, 2).

L'heure de midi marque donc un repas chaque fois différent et cette modification éclaire la portée symbolique du temps dans *Badine* ainsi que l'évolution de l'intrigue. À l'acte I, l'heure de midi signale un repas de famille, soigneusement calculé par le baron qui réunit la société des fantoches pour accueillir les jeunes gens (I, 2). Mais la rivalité de maître Bridaine et de maître Blazius laisse déjà augurer des éléments de désordre et de discorde (I, 3). À l'acte II, l'heure de midi ne permet plus de réunir les personnages : les fantoches, déroutés par la tournure des évènements, ne savent plus quelle place occuper, et l'on a beau mettre le couvert dès la scène 2, Camille et Perdican n'ont guère le cœur à dîner et tous finissent fort éloignés de la table, dans le cabinet du baron ou au bord de la fontaine. À l'acte III, l'image même du repas disparaît, après son évocation fanfaronne de la scène 2, et laisse place à celle d'un partage bien plus spirituel, dans la scène mystique de l'oratoire, devant la table du repas symbolique par excellence, l'autel.

Le seul repère fixe du temps dans la pièce est donc questionné, ébranlé : le repas social est progressivement transcendé par le besoin d'un partage plus profond, dont ne peuvent qu'être exclus les fantoches obsédés par les choses terrestres. C'est donc à nouveau une logique poétique qui gouverne le traitement du temps dans la pièce : de l'attrait de la bonne chère et du vin, on progresse vers la quête d'une nourriture spirituelle ; de l'ivresse et de la gloutonnerie des deux abbés, on bascule dans un drame brutal qui dégrise tous les acteurs de la pièce. Si la pièce semble laisser une large respiration aux jeunes gens, à savoir trois journées pour parvenir à se dire leur amour, défaisant ainsi le corset haletant des vingt-quatre heures, il ne s'agit que d'une chance empoisonnée : sur le rythme à première vue jovial d'un repas par journée à l'heure de midi, la pièce construit peu à peu une temporalité sinistrement poétique, puisque bâtie sur la logique d'une ivresse qui aboutit à un dégrisement violent et morbide.

LE MÉLANGE DES REGISTRES

Dans *Badine*, Musset respecte surtout un trait fondamental de l'esthétique romantique : le mélange des registres. Hugo explique dans la *Préface de Cromwell* (1827) que « la poésie vraie, la poésie complète est dans l'harmonie des contraires ». Dans les pièces comme dans la vie, la comédie voisine avec le drame, la farce répond au tragique, le grotesque corrige la tentation sublime du lyrisme.

Une telle variété, miroir de la complexité des êtres et de l'existence, est essentielle pour définir l'écriture de *Badine*, qui répartit entre ses différents personnages les registres variés de la pièce.

LES FANTOCHES : LE COMIQUE ET LE GROTESQUE

La pièce s'avère une merveille de style bouffon et permet de saisir la spécificité du grotesque chez Musset. Le genre bouffon se veut un contre-pied insolent de la sévère distinction des genres voulue par le théâtre classique. Il suppose un public averti, susceptible d'apprécier les écarts entre le style attendu et le style burlesque (qui consiste à dépeindre des personnages ou des situations nobles relevant de l'épopée ou de la tragédie en termes familiers, comiques, voire farcesques), ou le style héroï-comique (qui consiste à l'inverse à dépeindre des situations ou des personnages communs, triviaux en termes nobles, épiques ou tragiques).

Burlesque et héroï-comique au service de la parodie

Le ton est ainsi donné d'emblée par le chœur, qui ouvre la pièce par une scène d'exposition qu'on peut assimiler à un prologue parodique de portraits de messagers. La construction en diptyque de la scène produit une impression de mécanique répétitive, dans l'accueil des personnages fantoches, maître Blazius et dame Pluche, et dans leur jeu de scène similaire autour de la monture et du verre pour se désaltérer. Le chœur nous propose la satire des deux personnages sur deux modes différents : il accumule les métaphores burlesques pour dépeindre la rondeur bonhomme de maître Blazius et développe une caricature mordante de la sèche et revêche dame Pluche. La solennité de ces messagers qui annoncent le retour de leurs élèves est ainsi largement démystifiée, mais les gouverneurs eux-mêmes accentuent leur ridicule par le style héroï-comique qu'ils adoptent pour dépeindre les jeunes gens : les métaphores hyperboliques pleuvent, tout comme les allégories convenues du discours religieux.

Le style héroï-comique est le réel fil directeur du registre comique dans la pièce : on le retrouve encore dans le discours du chœur qui dépeint les deux « formidables dîneurs » (l. 245), en parodiant les batailles épiques, telles qu'on peut les lire dans *L'Iliade*, pour évoquer l'affrontement de maître Bridaine et de maître Blazius ; on notera l'amplification du rythme, la dramatisation de l'action, la simplification des personnages et l'exagération du style pour traduire la haine qui anime ces rivaux grotesques. Ce mode d'expression resurgit ensuite dans le monologue de maître

Bridaine, variation parodique des monologues tragiques de déploration et de délibération (II, 2).

Les ressorts traditionnels du comique

Le comique de la pièce emprunte aussi à des ressorts plus traditionnels : le comique de décalage par exemple, entre les affirmations des personnages et leurs gestes. Dame Pluche qui exalte la vertu de Camille se montre d'une colère excessive et injurie même le chœur, comportement bien peu charitable pour une dévote. Le baron, convaincu de sa supériorité et amoureux de l'exactitude jusqu'à l'absurdité (« Mon fils a eu hier matin, à midi huit minutes, vingt et un ans comptés », l. 76-77), prétend tout orchestrer mais se révèle toujours dépassé par les évènements, d'où ses accès de colère burlesques. Le personnage se réfugie mécaniquement dans son cabinet (l. 689, 1287, 1447), selon un comique de répétition qui transforme le lieu austère du « recueillement » de « l'homme d'État » (l. 131-132) en retraite ridicule et dérisoire. Les ivrognes, quant à eux, alternent comique de gestes (maître Bridaine boit cinq bouteilles de vin et marche sur les plates-bandes, I, 5) et comique de mots, notamment le comique de répétition qui joue sur les variations savoureuses d'un même motif : aux scènes 2 et 5 de l'acte I, l'accusation réciproque d'ivrognerie par les deux abbés renforce le comique grotesque des personnages.

Musset et Hugo : deux conceptions du grotesque

Ces quatre personnages adultes illustrent à merveille la conception même du grotesque telle que la pratique Musset, qui diffère pour une bonne part de celle de Hugo. Certes, chez les deux auteurs, cette forme de comique dit, outre le ridicule, la proximité du rire et de la mort (à travers dame Pluche, dont les tibias secs l'apparentent à un squelette) et la désacralisation des valeurs (la religion à travers les deux abbés et dame Pluche, la cuistrerie des notables, le pouvoir de l'argent et de la noblesse avec le baron). Cependant, chez Musset, c'est le personnage stéréotypé, raide, mécanique, sans aucune élaboration psychologique, qui matérialise le grotesque, d'où le nom de fantoche qu'on lui attribue généralement (de l'italien *fantoccio*, marionnette). Les traits distinctifs du baron (noble imbu de lui-même et impuissant), des deux abbés (gloutons, cuistres et ivrognes) et de dame Pluche (bigote sèche et colérique) sont en effet réduits au minimum. Tandis que chez Hugo, le sublime et le grotesque s'unissent chez les personnages, notamment chez les héros tels que Ruy Blas, comme les deux faces d'une même médaille, chez Musset, la répartition est tranchée entre les fantoches, creux et comiques, et les héros, complexes et lyriques. Cette différence se perçoit jusque dans leur usage de la langue puisque les fantoches s'expriment dans un langage convenu, figé, presque absurde, tandis qu'aux protagonistes semble réservé l'usage d'une langue ciselée, personnelle et puissamment poétique.

LE LYRISME DES ENFANTS DE LA NATURE

Le lyrisme comme expression de l'innocence

La dimension lyrique s'introduit dans la pièce par l'entremise de Perdican, lors de ses retrouvailles émues avec le chœur, qui reconnaît en lui l'« enfant de [ses] entrailles » (l. 363). Perdican est ainsi ramené à un ordre naturel qu'il n'aurait jamais voulu quitter et vers lequel sa sensibilité spontanément le guide. Il s'inscrit dans la lignée des héros romantiques qui entendent célébrer lyriquement la nature et méditer sur l'état originel, innocent de l'homme, dont elle donne magiquement la nostalgie. La nature relève ici du domaine moral de l'idéal. Dans le décor de cette terre selon son cœur, apparaît Rosette, la fille-fleur, incarnation de la simplicité naturelle, dont le langage, loin des cuistreries des fantoches ou des mensonges raffinés de Camille et de Perdican, est spontanément lyrique. Dans un monosyllabe, elle peut traduire toute son émotion de revoir Perdican (I, 3) et ses célèbres tautologies sont en réalité des maximes lyriques qui expriment la vérité de sa détresse face aux manœuvres de Perdican, et l'attirance que lui dicte son cœur (II, 3). Dans la scène 3 de l'acte III, Perdican ne saurait être vu comme un simple don Juan, cynique et léger : il déclare certes sa flamme à Rosette et lui promet le mariage pour se venger de Camille, dans une mise en scène calculée ; mais peu à peu ses répliques s'émancipent de la référence à Camille, pour célébrer véritablement l'innocence poétique de Rosette, qui la rend poreuse au monde qui l'entoure. Dans son rêve de fusion avec les forces vives de la nature, Perdican chante l'Éden préservé d'une jeunesse éternelle : parlant moins que les autres personnages, Rosette est l'incarnation de ce prélangage de la nature, cet en deçà de la culture, et impose une présence avant tout corporelle, sensuelle, qui se donne sans arrière-pensée.

Le lyrisme au risque du badinage

Le paradoxe terrible de cette scène est que Perdican trompe d'autant mieux Rosette et Camille qu'il est véritablement sincère dans cet hymne à la nature et à l'amour qui l'emporte. Le jeu de théâtre initial monté par dépit et destiné à Camille devient un serment enfiévré : Perdican chante, de toute la force de son cœur gagné par le sublime, son désir de communion sensible avec la nature, miroir des âmes et paysage de l'amour, et l'exalte sur un mode charnel, voire sexuel, à travers la métaphore vigoureuse de la « sève » (l. 1246) qui traverse les corps. Cette vision panthéiste et ce lyrisme sensuel l'emportent imprudemment vers des enjeux qu'il ne mesure pas : au moment même où son évocation vibrante de la nature touche au sublime, il rend son mensonge de mariage encore plus convaincant. Le chant lyrique de l'innocence naturelle n'est qu'un mythe dans *Badine*, puisqu'il est mis au service d'un mensonge cruel. Ce n'est qu'un piège de langage réservé aux deux jeunes filles.

La célèbre scène 5 de l'acte II manifeste aussi cette fièvre lyrique qui soulève l'enfant de la nature au-delà de lui-même et le rend sourd aux conséquences de son propos. À la critique du libertinage amoureux développée par Camille et à l'image mystique d'amour sacré qu'elle lui présente, Perdican oppose d'abord une violente satire anticléricale qui dénonce l'hypocrisie et l'influence délétère des nonnes ; il use de métaphores dont la violence lyrique s'assimile à une véritable profanation de l'idéal de sa cousine. Mais dans son morceau de bravoure final, Perdican va plus loin et se livre à une sacralisation de l'amour humain, célébré pour son imperfection même. L'éloquence passionnée de Perdican figure l'irrémédiable distance des sexes à travers l'énumération étourdissante des travers dont on les caractérise traditionnellement. Mais, de cette affirmation pessimiste sur l'âme humaine, va cependant émerger un miracle, souligné par l'efficacité oratoire du procédé de l'antithèse : « mais il y a au monde une chose sainte et sublime, c'est l'union de deux de ces êtres si imparfaits et si affreux » (l. 999-1000).

Perdican construit ainsi son apologie de l'amour humain sur le système rhétorique de la concession et de l'objection dépassée, pour célébrer le rayonnement du sentiment au cœur même du royaume de la boue. Les intensifs soulignent la force de l'alchimie amoureuse, capable d'opérer une alliance qui transcende le cloaque universel. On a pu reprocher à Musset l'emphase lyrique de Perdican, mais la phraséologie romantique à laquelle s'abandonne le personnage n'est que la traduction fidèle de sa fougue. Il reprend dans le dernier mouvement de la tirade le procédé de l'antithèse pour exalter la quintessence de vie que représente l'amour, dans la souffrance même qu'il génère : « On est souvent trompé en amour, souvent blessé et souvent malheureux ; mais on aime » (l. 1000-1002). Toutefois, ce faisant, il flagelle Camille. Elle ne reçoit qu'un lyrisme de la colère qui bafoue ses idéaux et lui propose une sanctification de l'amour humain à travers précisément ce qui la terrifie : l'inconstance et la souffrance. Emporté par le sublime de son éloquence lyrique sur l'amour profane, Perdican éloigne donc tragiquement Camille de lui-même, alors qu'elle voulait : « aimer d'un amour éternel, et faire des serments qui ne se violent pas » (l. 882-883).

LES BOUFFÉES DU PATHÉTIQUE ET L'EXPRESSION RETENUE DU SENTIMENT TRAGIQUE

La présence du pathétique

L'expression lyrique des protagonistes débouche naturellement sur le pathétique, puisqu'elle génère dans son emportement une incompréhension, une colère et un désarroi réciproques. Le registre pathétique affleure par bouffées dans les discours des personnages, aveu de faiblesse, d'épuisement ou de détresse. Ainsi, à la scène 5 de l'acte II, Camille perd peu à peu le contrôle du dialogue au profit de Perdican et abdique de sa badinerie piquante ainsi que de sa colère provocatrice, pour laisser échapper des preuves pathétiques d'amour ou d'incompréhension : « En vérité, je vous ai aimé, Perdican » (l. 833). Le personnage perd l'épreuve de forces qu'elle avait instaurée dans cette scène et assiste impuissante à la destruction des valeurs qu'elle s'était forgé dans son inexpérience de la vie. Ne parvenant pas à juguler le sentiment amoureux auquel elle se refusait, accusée du pire des mensonges, le mensonge de l'amour divin, elle est renvoyée à l'isolement de sa jeunesse féminine, sans appui et sans modèle.

Dans la scène 3 de l'acte III, au cours d'un aparté, Camille avoue la douleur qu'occasionne la mise en scène de Perdican : « Il a jeté ma bague dans l'eau » (l. 1219), douleur telle qu'elle ne parlera plus jusqu'à la fin de la scène. Elle rappellera dans la scène 6 la souffrance occasionnée par ce stratagème de Perdican, par une métaphore cruelle qui inverse le cliché heureux de Cupidon décochant ses flèches : « Tu as voulu me lancer à tout prix quelque trait qui pût m'atteindre, et tu comptais pour rien que ta flèche empoisonnée traversât cette enfant, pourvu qu'elle me frappât derrière elle » (l. 1412-1415). Même dans cette scène où elle rend à Perdican la monnaie de sa pièce, en lui passant au doigt la bague jetée dans la fontaine et en l'amenant à se déclarer devant Rosette dissimulée derrière une tapisserie, le plaisir de la vengeance se colore de façon trouble et Camille se ment à elle-même : « Moi qui croyais faire un acte de vengeance, ferais-je un acte d'humanité ? » (l. 1324-1325). Cette noirceur pathétique se renforce lors du coup de théâtre de la scène : « *Elle lève la tapisserie ; Rosette paraît dans le fond, évanouie sur une chaise* » (l. 1387-1388). Le sort émouvant de Rosette étreint le spectateur, souligné par la violence lucide de l'accusation de Camille (« je n'ai pas été chercher par dépit cette malheureuse enfant [...] pour en faire un appât », l. 1397-1399) et peut-être plus encore par la légèreté méprisante avec laquelle Perdican la considère (« Cette enfant s'est évanouie ; nous la ferons bien revenir, il ne faut pour cela qu'un flacon de vinaigre », l. 1423-1425).

L'émergence du tragique

Le sentiment d'un destin tragique qui unit les trois personnages s'impose puisque Camille, par sa mise en scène, s'est enfermée elle-même dans le piège qu'elle avait tendu : « apprends-le de moi, tu m'aimes, entends-tu ; mais tu épouseras cette fille, ou tu n'es qu'un lâche ! » (l. 1417-1419). À peine a-t-elle obtenu ce qu'elle déclarait vouloir dans la véhémence de sa colère vengeresse qu'elle déploie tous ses efforts pour anéantir cette résolution de mariage de Perdican. Le discours des personnages se retourne contre eux et, à partir de la scène 7, Camille s'avère impuissante à défaire le nœud de l'action qu'elle a elle-même précipité : le recours au baron s'avère inutile, tout comme la férocité du désespoir devant Perdican, lorsqu'elle brosse un portrait humiliant de Rosette « fille de rien » (l. 1477) et persifle le « pauvre d'esprit » (l. 1494) qui l'épouse, ou lorsqu'elle se propose de trouver un mari à la jeune bergère. Camille n'offre ainsi qu'une résistance pathétique au destin qui enserre les trois protagonistes, engrenage d'autant plus cruel qu'elle l'a en partie enclenché. Dès lors, le caractère tragique du dénouement ne fait aucun doute puisque Perdican, à l'issue du badinage perverti mené avec Rosette et Camille, est confronté à un dilemme qui fera forcément une victime. Son entêtement à la scène 7 accélère encore le caractère fatal de la situation dramatique, puisqu'il balaye d'un revers de main les dernières chances d'inverser le cours du destin. Il refuse d'entendre les arguments de Camille comme il reste sourd à la sobre supplique de Rosette, qui ne lui adresse aucun reproche et s'abrite derrière la rumeur sociale pour tenter de faire cesser le jeu cruel dont elle a été l'objet.

L'ultime revirement des deux protagonistes dans la scène 8 qui les conduit enfin à l'aveu réciproque de l'amour, dans un *akmè* lyrique, ne peut être synonyme de bonheur. Il se traduit d'abord par une conscience indicible de la faute, à travers les métaphores d'un Éden à jamais souillé. Car c'est en définitive la fatalité de la parole qui est exaltée dans le dénouement : le plaisir même de l'usage des mots est comme un masque qui voile l'être aux autres comme à soi-même. Le dramaturge nous montre que les deux personnages ont fait dans la pièce l'expérience tragique du langage : elle les a conduits au-delà d'eux-mêmes, dans la valse d'un badinage qui instrumentalise les êtres et fourvoie les cœurs. Déjà à la scène 5 de l'acte II, après avoir attentivement écouté Camille, Perdican n'avait su résister à l'« envie de [lui] répondre un mot » (l. 938-939), et ce faisant de la blesser au plus profond de son être. De la même façon, à la scène 7 de l'acte III, il s'entête à se marier avec Rosette, non par conviction amoureuse, mais pour le plaisir de braver les récriminations paternelles, de rétorquer aux médisances villageoises et de prolonger l'orgueil de sa parole. Le plaisir du verbe est fatal car il entraîne les jeunes gens dans l'inconscience vaniteuse du jeu, dans cette volupté secrète de porter la contradiction à autrui, qui diffèrent toujours la parole de vérité. Rosette, à l'inverse, qui parle vrai, s'exprime assez peu dans la pièce. L'aveu final de l'amour tient lui aussi en deux répliques, miroirs l'une de l'autre : « Ô insensés ! nous nous aimons/Oui, nous nous aimons, Perdican » (l. 1582-1585). L'immédiateté de l'amour se passe de mots !

Mais le triomphe du sentiment, marqué par l'abandon des corps et des cœurs, est bien court, puisque la parole, non contente d'être un voile, s'avère aussi une arme, un « flèche empoisonnée » (l. 1414), qui meurtrit l'être... ou le tue ! L'avertissement tragique prononcé par le chœur à la scène 4 de l'acte III trouve au dénouement sa pleine réalisation, après la première sommation qu'avait apportée la scène 6 où Rosette s'évanouit. C'est donc l'amour lui-même qui prend ici une valeur tragique puisqu'au moment même où il s'affirme en pleine lumière, où il se dit sans arrière-pensée, il provoque la mort de celle à qui on l'a toujours juré sans l'éprouver et sépare à jamais ceux qui ont eu tant de mal à se l'avouer. Le dénouement s'avère donc un châtiment cruel pour les trois jeunes gens, en sacrifiant l'innocence, celle de Rosette qui a épié le secret de l'amour, puisqu'on lui a trop bien appris à se cacher derrière les tapisseries, et celle des deux protagonistes, jouets à la fois irresponsables et complices de la fatalité du langage et de l'amour. La mort de Rosette hors scène n'est rendue que par un cri : loin des effets mélodramatiques, c'est la puissance sobre et retenue du sacrifice qui donne à la scène tout son éclat. Tels deux héros tragiques, Camille et Perdican ont alors la prescience du malheur et de la catastrophe qui les accable, par paliers : « il me semble que mes mains sont couvertes de sang » (l. 1596-1597) dit Perdican dans un frisson d'épouvante ; « hélas ! tout cela est cruel » (l. 1599-1600), renchérit pathétiquement Camille ; l'horreur tragique saisit le héros, incapable de se mouvoir ; il adresse à Dieu dans un dernier élan de désespoir une prière stérile qui l'accable encore plus. Perdican jusqu'au bout récuse l'évidence fatale sans pouvoir masquer la vérité nue à laquelle il s'attend dans le secret de son cœur, avant le retour de Camille sur scène, point d'orgue qui clôt la pièce sur l'assurance terrible du décès de Rosette (« Elle est morte ! », l. 1612) et de leur inévitable séparation (« Adieu, Perdican ! », l. 1612).

GROUPEMENT DE TEXTES : UNE THÉÂTRALITÉ POÉTIQUE

TEXTE 5 • ***On ne badine pas avec l'amour,* acte I, scène 1**

Doucement bercé sur sa mule [...] dans l'air d'aujourd'hui.

> PAGES 7-9, LIGNES 1-73

Une scène d'exposition masquée

1. Quelle est la fonction traditionnelle d'une scène d'exposition ? Est-elle ici remplie ?

2. Étudiez les personnages présents sur scène, leur ordre d'apparition, leur mode d'entrée sur scène et leur langage : qu'en déduisez-vous quant à la structure et au registre de la scène ?

3. Relevez les différentes allusions au théâtre qui jalonnent la scène : quel est leur sens ?

TEXTE 6 • ***On ne badine pas avec l'amour,* acte I, scène 5**

Seigneur, j'ai un mot à vous dire [...] en faisant des ricochets.

> PAGES 22-24, LIGNES 416-465

Une scène de dérèglement comique

1. Comment s'exprime auprès du baron, puis du public, l'idée d'un désordre général dans cette scène ? Étudiez notamment l'écart entre la situation initiale et la situation finale de l'acte.

2. Quels sont les procédés du registre comique dans cette scène ? Pourquoi Musset a-t-il choisi de terminer l'acte I sur une scène bouffonne ?

3. Relevez les repères spatiaux : quel lien remarquez-vous entre les lieux et les personnages ?

TEXTE 7 • *On ne badine pas avec l'amour*, acte II, scène 5

Lève la tête, Perdican ! [...] mon orgueil et mon ennui.

> PAGES 40-44, LIGNES 875-1006

Une joute verbale flamboyante et décisive

1. Qui a l'initiative du dialogue dans la scène ? Y a-t-il une évolution du rapport de forces ? Qui contrôle la passe d'armes ? Peut-on parler de victoire d'un des deux personnages ?

2. Quelles conceptions de l'amour opposent Camille et Perdican ? Étudiez le vocabulaire, les symboles, les images, les traits d'éloquence et les procédés rhétoriques par lesquels les deux jeunes gens défendent leur point de vue. Lequel des deux personnages vous paraît énoncer la vision de l'amour la plus sublime ?

3. Par quel sentiment les deux personnages se laissent-ils gagner dans la scène ? Jusqu'où les entraîne leur parole ? En quoi cela complique-t-il l'idée de sincérité ? Y aura-t-il d'autres duos dans la pièce ?

TEXTE 8 • *On ne badine pas avec l'amour*, acte III, scène 3

Mademoiselle, je vais au château [...] monde tout-puissant.

> PAGES 51-53, LIGNES 1174-1246

Le jeu du théâtre au service du mensonge de l'amour

1. En quoi peut-on parler de mise en scène cruelle dans cette scène ? Sur quel procédé classique du théâtre repose la réussite de la scène ?

2. Quel usage Perdican fait-il des objets dans cette scène ? Quel rôle jouent-ils ?

3. Que penser de l'exaltation de la nature dans les propos de Perdican ? Quelles valeurs Rosette incarne-t-elle pour le jeune homme ? Le personnage joue-t-il simplement le rôle qu'il s'est fixé ?

4. Quels problèmes de mise en scène posent la diction de Perdican et les présences de Camille et de Rosette ? Quelle dimension du théâtre de Musset est ainsi soulignée ?

TEXTE 9 • *On ne badine pas avec l'amour*, acte III, scène 8

M'avez-vous abandonnée […] Adieu, Perdican !

> PAGES 64-66, LIGNES 1550-1612

Un dénouement tragique

1. Quel rôle le décor joue-t-il dans cette scène ?

2. Quels liens s'établissent dans la scène entre le langage, le cœur et le corps ?

3. Comment le sentiment tragique se déploie-t-il du début à la fin de la scène ? Quels en sont les ingrédients et les étapes ? Comment expliquer la place de ce sentiment au dénouement d'un proverbe, genre mineur de la comédie ? Comment invite-t-il à relire son titre ?

VERS L'ÉPREUVE

ARGUMENTER, COMMENTER, RÉDIGER

L'étude de l'argumentation dans l'œuvre intégrale privilégie deux objets.

■ L'argumentation dans l'œuvre. *Chaque genre littéraire, chaque œuvre intégrale exprime un point de vue sur le monde. Un roman, une pièce de théâtre, un recueil de poésies peuvent défendre des thèses à caractère esthétique, politique, social, philosophique, religieux, etc. Ordonner les épisodes d'une œuvre intégrale, élaborer le système des personnages, recourir à tel ou tel procédé de style, c'est aussi, pour un auteur, se donner les moyens d'imposer un point de vue ou d'en combattre d'autres. Ce premier aspect est étudié dans une présentation synthétique adaptée à la particularité de l'œuvre étudiée.*

■ L'argumentation sur l'œuvre. *Après publication, les œuvres suscitent des sentiments qui s'expriment dans des lettres, des articles de presse, des ouvrages savants… Chaque réaction exprime donc un point de vue sur l'œuvre, loue ses qualités, blâme ses défauts ou ses excès, éclaire ses enjeux. Une série d'exercices permet d'analyser des réactions publiées à différentes époques, dans lesquelles les lecteurs de l'œuvre, à leur tour, entendent faire partager leurs enthousiasmes, leurs doutes ou leurs réserves.*

Quelle vision du monde, quelles valeurs une œuvre véhicule-t-elle, et comment se donne-t-elle les moyens de les diffuser ? Quelles réactions a-t-elle suscitées, et comment les lecteurs successifs ont-ils voulu imposer leurs points de vue ? L'étude de l'argumentation dans l'œuvre et à propos de l'œuvre permet de répondre à cette double série de questions.

L'ARGUMENTATION DANS L'ŒUVRE : UNE PIÈCE FAUSSEMENT INTEMPORELLE

Le genre du proverbe dramatique dans lequel s'inscrit *On ne badine pas avec l'amour* semble interdire à la pièce toute référence trop directe à l'actualité. Par son titre, l'œuvre dramatique vise en effet à l'intemporalité et n'a cessé d'interroger ses spectateurs successifs sur le problème insoluble de la sincérité et de l'idéal, établissant, au-delà des changements de générations et des variations du goût, une vérité intime de la jeunesse, à chaque époque emportée par la même fougue orgueilleuse, le même appétit d'absolu et la même ignorance douloureuse d'elle-même.

La pièce de Musset récuse-t-elle toute lecture contemporaine, tout discours sur la société devant laquelle elle se déploie ?

LA STRATÉGIE DE L'INDÉTERMINATION TEMPORELLE

Le refus du présent

On sait que le dramaturge refusa toujours d'être un « poète engagé ». De fait, les premières lectures critiques de la pièce au XIXe siècle ignorent toute perspective politique et l'interprètent comme une subtile combinaison de l'artificiel et du vrai. Elles soulignent l'indétermination fantaisiste de l'intrigue, qui renforce aux yeux d'un critique tel que Jules Lemaître, la justesse et l'authenticité dans la peinture des sentiments : « Voyez les personnages et la fable de la comédie de Musset : nous sommes dans un vague et chimérique XVIIIe siècle. De quel couvent sort Camille ? De quelle université arrive Perdican ? De quelle province le baron est-il gouverneur ? Les paysans y parlent comme des poètes subtils, et les ivrognes y récitent de brillants couplets alternés comme dans une églogue savante[1] ».

1. Jules Lemaître, *Impressions de théâtre*, 1887.

Une telle analyse n'est pas sans fondements. Lors de la scène d'exposition, le spectateur est frappé par l'artificialité du spectacle présenté, à travers ce chœur détourné de l'antique qui, tel un prologue, accueille en les raillant dame Pluche et maître Blazius, et ce faisant redouble la situation théâtrale, exhibe sa convention, dans un lieu et une époque pour le moins ouverts et indéfinis. La référence aux études parisiennes de Perdican, cumul pour le moins fantaisiste de « littérature, botanique, droit romain, droit canon » (l. 82), permet simplement de situer l'action en France, même si l'Italie demeure présente, avec la « locanda » (l. 864) ou le « carnaval » (l. 1436), allusions à l'aventure vénitienne de Musset, encore si douloureusement proche. La didascalie inaugurale « Une place devant le château » (p. 7) nous installe au lever du rideau dans un univers rural et féodal, une France provinciale et surannée. La désinvolture de cette indication scénique liminaire n'égale certes pas celle d'*À quoi rêvent les jeunes filles* (« La scène est où on voudra »), mais offre à coup sûr de nombreuses interprétations.

L'effacement des repères

Tout se passe comme si le dramaturge s'amusait à brouiller volontairement les repères spatio-temporels, en superposant les époques ou les saisons : les « bluets fleuris » (l. 2) d'une nature printanière coexistent d'emblée avec le « temps de la vendange » (l. 6) ; le titre de « maître » (l. 6), attribué aux XVIIe et XVIIIe siècles aux prêtres, avoisine également le « livre d'or » (l. 18-19), registre des pairs de France sous la Restauration. Plus loin dans la pièce, il sera question des « vassaux » (l. 129, l. 458) ou de la « cour » (l. 1436), qui dénotent un univers féodal typique de l'Ancien Régime, tout comme les termes de « monseigneur » (l. 365) ou « gens » (l. 146), signes désuets d'une hiérarchie d'avant la révolution française. Les aristocrates ont encore le pouvoir dans la pièce de marier les jeunes villageoises, comme Perdican et Camille l'affirment tout à tour à Rosette. Nul conflit de classe semble-t-il dans cet ordre patriarcal figé, où les paysans et les valets, idéalisés en chœur antique, commentent les faits et gestes des personnages et se placent dans un registre de soumission aimante face à Perdican. La tendresse des retrouvailles lyriques (I, 4) entre le chœur aux têtes blanchies et l'« enfant de [ses] entrailles » (l. 363) consacre un ordre social harmonieux, où les vassaux se soumettent docilement à leur seigneur. La poésie champêtre de ce décor, l'image mythique de l'enfance qui unit les personnages paraissent ainsi asseoir un ordre social particulièrement conformiste, que nul ne remet en cause dans la répartition de ses devoirs ou de ses privilèges.

L'on est donc bien en peine d'identifier avec précision l'époque et le lieu même de la pièce, tant le château du baron et sa campagne environnante semblent à même de refléter n'importe quelle région rurale profonde, dans un immobilisme presque idyllique, dans un univers social clos et préservé des atteintes extérieures, des révoltes populaires ou des soubresauts du pouvoir, dont le chœur fait à peine mention : « Il s'est fait plus d'un changement pendant votre absence. Il y a des filles mariées et des garçons partis pour l'armée » (l. 388-390). Mais de quel désordre guerrier ou révolutionnaire s'agit-il ? 1793, 1815, 1830 ? En tout cas, l'actualité contemporaine de la pièce, dans sa charge sanglante, ne transparaît guère, même dans cette furtive allusion : en avril 1834, le régime de Louis-Philippe, par l'intermédiaire de son ministre de l'Intérieur, Thiers, n'avait pourtant pas hésité à mater les soulèvements républicains de Lyon et de Paris. De cette agitation bouleversante, nulle trace dans *Badine*, comme si la pièce se plaisait à effacer les marques même de sa situation d'écriture ou de toute datation précise. Mais il est vrai qu'au 1er juillet 1834, date de parution de la pièce, l'ordre était totalement rétabli à Paris, le pouvoir ayant écrasé la rue et acquis par l'élection de juin 1834 une Chambre des députés totalement dévouée à son exercice.

Faut-il interpréter cette discrétion presque effarante, tout du moins calculée, comme le parti pris du rêve et de la fantaisie, ou le refus de l'engagement politique ?

UNE REPRÉSENTATION CRITIQUE DE LA SOCIÉTÉ

Nombre des détracteurs de Musset, au nom de l'art utile, lui ont reproché cette indifférence face à la société de son temps. Mais sous couvert de légèreté brillante et de fantaisie poétique, tout le théâtre de Musset participe du souci de rendre compte de l'état décevant d'une époque qui finit par ôter tout désir de s'y engager ou d'y participer. Ainsi *Badine* illustre l'inanité, le vide désespérément matérialiste, l'absence d'absolu et d'idéal d'une société cramponnée à ses privilèges d'autrefois, à travers une petite noblesse de province obsédée par l'argent et ses titres, encore infestée d'une religion ridicule et mortifère, en bref un petit monde qui désole sa jeunesse, la laisse sans repères et la conduit à souiller sa propre innocence, à tuer, au sens propre, sa part d'enfance pour accéder à l'insoutenable et écœurant monde des adultes !

La dénonciation du régime des notables

Le premier représentant de cet univers étriqué est le baron, incarnation par excellence de la figure du notable, personnage qui détient, par sa fortune ou ses titres, une place d'autorité, qui dispose d'un pouvoir important dans la province où il est installé et dont il contrôle en grande partie la vie sociale. Or, c'est bien là le pouvoir dont dispose le baron dans la pièce, grâce au titre de « receveur » (l. 135) dont il se prévaut. Par son rang, il n'est qu'un petit hobereau de province. Aussi cette charge de receveur revêt-elle une importance capitale pour le personnage car elle lui confère l'autorité financière mais aussi politique. Le receveur désigne à l'époque un officier de finances chargé de gérer la collecte et la recette des impôts. Le baron se gargarise de cette influence qu'il exerce et la charge satirique se discerne sans peine lorsqu'il évoque dans une emphase ampoulée le sérieux et la puissance de cette fonction qui l'absorbent tout entier. Le personnage joue avec grandiloquence le rôle que lui a confié le pouvoir. Il semble avoir fait sienne la célèbre devise du ministre Guizot : « Enrichissez-vous par le travail et par l'épargne ».

Émanation locale d'une « monarchie bourgeoise », il symbolise dans *Badine* ce nouveau pouvoir aux mains des banquiers et des hommes d'affaires, auxquels se rallie une noblesse désargentée. Aristocrates et grands bourgeois tendent à se mêler, les premiers pour s'enrichir, les seconds pour gagner des titres de noblesse. Un mariage est donc un projet social ambitieux, qui doit permettre de conquérir des places ou des fortunes, et l'on comprend pourquoi le baron se désole, à la fin de la pièce, d'« un mariage disproportionné » (l. 1436-1437) entre Perdican et Rosette.

Malgré le ridicule de la scène, le désarroi du personnage face à ses projets d'alliance ruinés est bel et bien réel. En mariant son fils et sa nièce, le baron parvenait à unir la noblesse et la fortune et assurait la pérennité d'un sang, d'un rang, d'une éducation : « J'ai formé le dessein de marier mon fils avec ma nièce ; c'est un couple assorti : leur éducation me coûte six mille écus » (l. 118-120). Le culte de l'argent et un matérialisme obsédant habitent les êtres, si bien que le crédit dépensé devient l'aune à laquelle on peut mesurer une éducation réussie. Les « six mille écus » encadrent la pièce tels un leitmotiv désolant et incarnent le regard que la société peut porter sur les égarements passionnels des jeunes gens, qui malmènent un projet de mariage auquel leur rang social les conduit naturellement. La jeunesse se doit d'être le prolongement d'une somme d'intérêts, d'appétits et de convenances, érigés en loi par un pouvoir qui impose le règne cynique de l'argent sous des allures débonnaires. Le baron semble à ce titre le reflet à peine caricatural d'un pouvoir qui propose comme modèle un « roi-citoyen », en la personne joviale de Louis-Philippe qui veut laisser prospérer une France productive et bourgeoise, dont les deux mamelles sont l'égoïsme et l'individualisme.

Le discrédit jeté sur le clergé

La question de l'instruction soulevée par les obsessions financières du baron dans la pièce était jugée centrale par le pouvoir de l'époque, désireux d'encadrer les masses qui s'étaient soulevées en 1830. Une loi de juin 1833 établit ainsi l'instruction primaire. Même si la religion catholique n'est plus religion d'État depuis la Charte révisée de 1814, les instituteurs peinent à concurrencer les prêtres, qui donnent des rudiments d'éducation et de morale au peuple, notamment aux petits paysans de province qui, tels Julien Sorel dans *Le Rouge et le Noir* (1830) de Stendhal, voient encore un moyen d'ascension sociale dans les séminaires.

Cette place sociale qui fait du curé la première sommité du village, reçue au château et parlant le latin, ainsi que ce rôle formateur qui reconnaît au prêtre une relative culture savante face au peuple, sont incarnés dans *Badine* par les deux abbés rivaux, maître Bridaine, intendant spirituel du château, et maître Blazius, « gouverneur » (l. 27) de Perdican, c'est-à-dire précepteur d'un jeune homme de famille noble. Les deux abbés ridicules sont à l'évidence l'instrument de la seconde charge satirique de la pièce, qui vise à discréditer le clergé, suivant en cela le fort courant anticlérical de l'époque. Maître Bridaine, « curé de la paroisse » (l. 79), entretient un rapport familier et étroit avec le baron. En réalité, le prêtre courtise le notable, puisqu'il profite de ses faveurs et de sa table. Jamais on ne le voit célébrer d'office dans la pièce, malgré la présence d'une chapelle privée au château ; ce sont Camille et Perdican qui se retrouveront dans l'oratoire au dénouement, tandis que Bridaine semble connaître comme seul lieu saint la cuisine et comme seul autel la table de son hôte.

Dès la scène 3 de l'acte I, le chœur ne s'était pas trompé en annonçant : « je prévois une lutte secrète entre le gouverneur et le curé » (l. 253-254). De fait, les deux abbés ne peuvent qu'entrer en concurrence. Maître Bridaine appartient à la catégorie la plus répandue du clergé tandis que maître Blazius jouit d'un statut un peu plus privilégié. Cela se traduit dès son entrée en scène par son costume soigné. Le personnage dispose d'une monture : certes, il s'agit d'un âne plutôt que d'un cheval, ce qui fait de lui une version parodique de Jésus-Christ le jour des Rameaux dans l'Évangile, ou pire, ce qui l'identifie de manière assez grotesque à sa « mule », qui elle aussi s'est faite « fringante » (l. 1) pour l'occasion… Blazius pose au précepteur savant mais son admiration outrancière à l'égard de Perdican traduit la pauvreté de sa formation. Il est vrai que dans les séminaires de province, l'on se contentait souvent de quelques notions de théologie, de latin et de grec. « Armés d'une égale impudence » (l. 255), les deux abbés se révèlent d'une égale sottise et l'orgueil boursouflé de maître Bridaine, qui se compare comiquement à César dans sa dignité bafouée (l. 564-566), répond à l'absurdité savoureuse du discours de maître Blazius concernant les soubresauts de dame Pluche dans la luzerne, ainsi que la pseudo-correspondance secrète de Camille avec un gardeur de dindons (l. 680-682).

L'immoralité des deux abbés se traduit surtout dans le domaine de la gourmandise, à laquelle ils cèdent tous deux sans vergogne, oubliant leur vœu d'abstinence. On est ici très proche des chansons satiriques de l'époque qui dépeignent des curés empressés de vider leur tonneau : la caricature des abbés gonflés de vin et de prétention cuistre est largement répandue et Bridaine comme Blazius ne déparent guère dans l'imagerie comique du temps. Les deux abbés sont prêts à tout et savourent, dans un esprit fort éloigné de toute charité chrétienne, les déconvenues de leur rival. Les instincts les plus bas et les désirs les plus violents se déchaînent ainsi chez les deux personnages dans la scène 2 de l'acte III.

Au total, les deux abbés ne semblent respecter aucun des vœux qu'ils ont prononcés : jouisseurs, gourmands, alcooliques, pédants, sots et ignares, ce sont des hypocrites sensuels, qui tels Tartuffe vivent aux dépens du pouvoir qui les nourrit, mais ils sont en plus parfaitement ridicules, et finalement traités comme des domestiques par le notable qui les domine et les emploie, au point que ce dernier peut les renvoyer sans ambages : tel est le sort réservé à Blazius par le baron, qui le gratifie au passage d'une insulte, ce qui demeure passible de la loi en 1834... « Indépendamment de votre ivrognerie, vous êtes un bélître, maître Blazius » (l. 1008-1009).

La dénonciation du couvent, lieu mortifère et destructeur

Il faut cependant attendre la peinture du couvent et l'évocation de l'éducation réservée aux jeunes filles de la noblesse, pour que la satire gagne en venin. Le milieu féminin du couvent, dépeint par Camille lors de la scène 5 de l'acte II, illustre en effet de manière décisive l'instruction dévolue aux jeunes filles de familles privilégiées, qui repose sur une opinion couramment répandue, l'infériorité féminine dans le domaine intellectuel : comme l'indique dame Pluche, il s'agit de faire de chacune « une glorieuse fleur de sagesse et de dévotion » (l. 59-60) et le couvent se réduit à l'antichambre du mariage pour ces jeunes filles distinguées, à qui l'on transmet une mystique sentimentale, bien plus qu'une instruction complète.

Dans l'affrontement de Camille et de Perdican, ce dernier dénonce l'attitude sacrilège des nonnes qui flétrissent la candeur originelle de la jeune fille et lui révèlent ce qu'elle ne peut être en état d'écouter : en venant « chuchoter à une vierge des paroles de femmes » (l. 977), elles méprisent sa pureté, ce qu'il aurait fallu au contraire ne pas déflorer par une révélation trop brutale. Perdican s'érige en juge de ces éducatrices impies qui amènent la jeune fille à confondre les blessures sacrées du Christ, crucifié pour racheter les péchés des hommes, avec les cicatrices béantes dues aux tourments de la passion. Ces femmes du couvent sont en marche vers la mort : ce ne sont que « processions lugubres » et « corps décharnés » (l. 955, 956). Elles sont rongées de l'intérieur et détruisent leur vie en se murant vivantes dans ce lieu qui les asphyxie et en exhibant leurs plaies aux innocentes dont elles ont la charge. Or, ce rituel mortifère a un but ; il enseigne l'horreur sacrée devant l'incarnation du mal, du péché, de la souffrance, en un mot, l'homme !

Le pire est que ce retrait du monde signifie tout sauf un renoncement pieux. Perdican peint la pulsion dévorante et masochiste qui donne un regain de force aux corps décharnés, brisant leurs chaînes « pour presser leurs poitrines sanglantes sur le poignard qui les a meurtries » (l. 961-963).

Les nonnes sont triplement coupables : elles se mentent à elles-mêmes, mentent à Dieu, mentent à Camille et à toutes ces novices dont elles ont la charge. Perdican – et à travers lui Musset – dénoncent ce mysticisme hystérique et morbide des sœurs, véritable poison pour le cœur de la jeune fille. Le risque est grand de sombrer dans l'aigreur, et de finir par ressembler à dame Pluche, incarnation d'une religion formaliste et crispée. *Badine* expose donc une condition féminine peu enviable, puisque son éducation est sacrifiée au délire mortifère d'une religion négatrice et formelle et que son apprentissage de la vie en société la confronte à l'inconstance des hommes et à la nécessité de mentir pour répondre à la manipulation dont elle est l'objet, avant de revenir, esseulée et désespérée, dans ce même lieu de mort, celui qui a initialement corrompu son « sang vermeil » (l. 970) : « Adieu, Camille, retourne à ton couvent » (l. 991).

Une jeunesse en rupture

Une telle peinture sociale est accablante et engendre une morale du refus chez une jeunesse qu'indigne une telle perte de valeurs et d'idéal. Comment se reconnaître en effet dans cette société réglée telle une mécanique absurde et incarnée par ces stéréotypes réducteurs que sont les fantoches ?

Les valeurs d'ordre, d'autorité et d'argent que représente le baron sont totalement remises en question. Dès la fin de l'acte I, le baron n'a plus aucun contrôle sur les autres personnages. Face à ce dérèglement de l'horloge sociale, il clame son impuissance et se réfugie dans son cabinet qui se transforme en lieu de retraite ridicule (II, 4 et III, 5) et le spectateur peut apprécier le fatalisme du baron qui renonce au combat avec son fils avant même de l'avoir entamé (III, 7). Ni son statut social, ni l'argent qu'on a investi sur lui à travers son éducation, ne peuvent dissuader Perdican, auquel les comptes de boutiquier n'inspirent que mépris.

Jeunes gens et adultes vivent sur des plans différents ; ils ne peuvent s'entendre ni se comprendre tant leurs préoccupations sont étrangères. Les fantoches qui célèbrent pompeusement les jeunes gens à l'orée de la pièce, dans des éloges outrés de leur parfaite éducation, en sont ensuite réduits à les espionner systématiquement. Mais leurs comportements demeurent opaques car ils n'obéissent pas aux règles en vigueur ; la parole des adultes face aux jeunes gens traduit leur affolement et leur égarement : la parole du baron face au récit d'espion précis jusqu'à l'absurde de maître Blazius accumule les « inexplicables », « incompréhensible », « insolite », « inouï », « extravagances », « monstruosités », « désordonnée », « impossible » (l. 615, 620, 628-629, 635, 646, 657-658, 662-663, 672-673). La parole comme l'action de la jeunesse sont donc tout à la fois surveillées et niées, récusées parce que débordant la norme admise. Peu à peu les fantoches, dépassés par ce qu'ils ne comprennent ni n'admettent, sortent de la scène, qu'ils abandonnent totalement aux jeunes gens. Les adultes, de fait, brillent par leur absence quand les jeunes gens auraient besoin d'eux : pas à un seul moment n'apparaît dans la pièce la mère de Rosette. Ce sont les gens du village qui prennent sa place pour mettre en garde la jeune fille (III, 7). Camille éprouve la même terrible solitude devant son sort, lorsque le baron l'abandonne à la scène 7 de l'acte III. Le courage et la vertu semblent avoir déserté la société adulte et les jeunes gens en sont réduits à compter sur leurs seules armes.

Cette solitude est d'autant plus terrible qu'elle touche les jeunes gens au moment même de leur entrée dans le monde. Tous deux reviennent au château une fois leur éducation achevée, Camille à dix-huit ans, Perdican à vingt et un : il s'agit d'un instant décisif, celui où ils doivent prendre place dans la société. Alors qu'ils sont confrontés par le mariage arrangé à la nécessité d'assumer leur rang, leur famille, leur héritage, de préparer à leur tour l'avenir, de devenir eux aussi une incarnation de la loi, ce monde adulte qui les accueille et les guette ne leur offre qu'une image vaine et cruelle. Tandis qu'ils sont au seuil de décisions qui les engagent, à ce moment où se joue peut-être « le bonheur de [leur] vie » (l. 988), c'est seuls et sans appui qu'ils doivent trouver leur voie. Que leur reste-t-il dès lors devant la dérision des valeurs sociales, au sens propre devant le « carnaval » (l. 1436) que leur proposent les fantoches ?

L'implacable mécanique du jeu social

Les jeunes gens doivent convenir que l'absolu n'est pas de ce monde : l'innocence n'y est qu'un mythe, puisque Rosette, la fille de la nature, ne peut survivre dans les pièges du monde où les jeunes nobles l'ont entraînée. Peut-être parce qu'ils participent plus qu'ils ne le croient à la mécanique d'un ordre social qui broie impitoyablement les plus faibles.

Camille et Perdican ont cru pouvoir revêtir des masques pour mieux débusquer la vérité de l'autre mais, ce faisant, ils ont emprunté des rôles, au point que le masque, comme pour Lorenzaccio, semble s'être collé à leur peau. Camille s'est ainsi réfugiée dans « un être factice créé par [son] orgueil et [son] ennui » (l. 1005-1006). À travers ses affrontements avec Perdican, elle donne l'impression de vouloir venger toutes ces femmes aigries, en particulier son amie sœur Louise. La lettre destinée à cette dernière (III, 2) révèle à Perdican révolté le programme auquel voulait se conformer Camille, qui s'inscrit ainsi dans une lutte des sexes dont elle perçoit le cruel enjeu pour toute femme de sa condition, à son époque : à la scène 6 de l'acte III, elle revendique la pratique des masques et du jeu cruel, qui seuls permettent de survivre quand les deux sexes semblent s'être irréductiblement séparés.

Les deux jeunes nobles s'installent dans les rôles que la société de leur époque leur a distribués, y compris dans l'amour, autre illusion ancienne sous la monarchie de Juillet. Perdican s'affuble du masque du libertin cynique dans la scène 5 de l'acte II : il semble ainsi s'installer dans un rôle de don Juan blasé, mais il mêle ce masque du séducteur hypocrite à l'éloge sincère de l'amour édénique, dans des clichés romantiques qui dupent les jeunes filles (III, 3). Cependant, dans ce jeu des masques, Perdican s'avère moins habile que Camille, car elle le contraint à abandonner ce visage libertin pour lui avouer son amour (III, 6), avant de le forcer à le reprendre, pour continuer de feindre le même sentiment pour Rosette et garder le plus longtemps possible, aux yeux de la jeune paysanne, l'image merveilleuse du jeune seigneur homme de parole.

Les deux jeunes gens appartiennent donc beaucoup plus qu'ils ne le pensent à la société adulte qui les révulse : ils en reproduisent en partie les valeurs et les attitudes, tandis qu'ils croient simplement badiner avec l'amour. La pièce multiplie les symétries entre les fantoches et les protagonistes, pour signifier la corruption de cette jeunesse : la rivalité féroce des doubles (les deux abbés, les deux jeunes filles), la dénonciation réciproque (les deux ivrognes, I, 5 ; l'accusation mutuelle de profaner l'idéal de l'amour, II, 5), l'absence de compassion devant la détresse (Perdican devant Camille, II, 5 ; Bridaine devant Blazius, III, 2), le noble orgueil bafoué qui forge une vengeance par dépit (maître Blazius qui bat dame Pluche, III, 2 ; Perdican qui fait la cour à Rosette devant Camille, III, 3).

Mais une fois introduite dans l'amour, la mécanique sociale perd toute bouffonnerie ; bâtie sur l'inégalité et la corruption des valeurs, elle invite chacun à endosser son costume social (le futur seigneur et le docteur ; la vassale et la paysanne ; la demoiselle et la religieuse) et à l'user jusqu'à la trame, jusqu'à ce que le jouet, l'instrument du ricochet, se brise dans un cri. En badinant, Perdican et Camille ont donc introduit à leur corps défendant le mal social, la corruption de l'époque au cœur même de l'amour. Soupçonné par son père de vouloir débaucher ses vassales (I, 5), Perdican ne formule au final de la pièce, avant l'horrible vérité, que de bien tardives promesses de réparation, compensations dérisoires, pitoyables : « Je lui trouverai un mari, je réparerai ma faute ; elle est jeune, elle sera riche, elle sera heureuse » (l. 1607-1608). Ce discours pragmatique et cynique qui croit rattraper par l'argent et la position sociale la faute morale, la blessure d'amour, est bien celui d'un petit seigneur, et non d'un jeune homme romantique épris d'absolu…

Et si la marionnette sociale ne se casse pas assez vite, on peut toujours l'y aider : tel est le choix effectué par la mise en scène de Gérard Gelas au Théâtre du Chêne noir en novembre 2005. Le baron, personnage socialement dominant, chasseur effrayant, rôde pour voler à Rosette son innocence : la première scène qui précède l'exposition, silencieuse, présentait dans une atmosphère d'un bleu nocturne angoissant le viol de Rosette, ou pour le dire en termes socialement convenables, l'exercice du droit de cuissage du baron sur sa vassale. Rosette, dans la suite de la pièce, s'enfuyait lorsque le baron rentrait en scène. Bien moins ridicule que les autres fantoches, le baron se voulait dominateur tout-puissant, juché sur l'arche formée par les deux escaliers mobiles du décor et contemplant, depuis cette position surplombante, la salle et les autres personnages, les bras croisés. L'incarnation du pouvoir dans cette mise en scène ne peut supporter le grain de sable qui grippe la machine du mariage arrangé et, solution radicale, révoltante mais efficace, le supprime en étranglant Rosette avant le dénouement. Une telle relecture de la pièce ne la dénature pas : elle exhibe le caractère impitoyable de cette logique sociale à laquelle les deux protagonistes se sont malgré eux abandonnés. Radicalisant l'implicite du discours de Musset, elle remet en lumière une dimension politique trop souvent édulcorée. Camille et Perdican, jouets à leur tour du pouvoir du baron, se croient responsables du destin de Rosette et le tragique s'en trouve redoublé, par l'ironie d'une conscience trop coupable qui les accable. Lorsque le rideau tombe, Camille et Perdican sont écrasés par l'horreur d'un crime qu'ils n'ont qu'à demi commis, mais aussi par leur appartenance à une certaine loi et à une certaine classe sociales. Si leurs mains ici ne sont qu'indirectement « couvertes de sang » (l. 1597), ils n'en demeurent pas moins ceux qui ont désigné à l'exercice vengeur d'une « justice » sociale archaïque et discrétionnaire la pureté préservée de la fille du peuple. Ont-ils en réalité tué Rosette ? Ils ont tout du moins, à travers elle, assassiné leur propre enfance et leur propre innocence.

Que deviendront les personnages de Camille et de Perdican, une fois le rideau tombé ? L'on imagine sans peine Perdican en séducteur de salon, usant ses genoux sur les tapis de ses maîtresses. Mais Camille, peut-elle retourner au couvent, alors qu'elle ne croit plus à sa vocation religieuse et se sait destinée à aimer Perdican ? Va-t-elle rejoindre ce scélérat cortège des nonnes frustrées ? À l'instar d'un autre metteur en scène, Timmermann, l'on se plairait plutôt à imaginer qu'elle devienne... George Sand !

GROUPEMENT DE TEXTES : JUGEMENTS CRITIQUES

TEXTE 10 • « Rapport du comité de censure » (30 novembre 1861)

La Censure sous Napoléon III. Rapports inédits et in extenso (1852 à 1866).

Le comité se prononce ici sur l'opportunité d'une représentation de *Badine*.

Il est impossible, quand on a lu cette pièce marquée au cachet d'un si grand talent et qui entraîne même à leur insu, les lecteurs officiels chargés d'en signaler les inconvénients, il est impossible, disons-nous, de ne pas regretter profondément le souffle d'irréligion qui parcourt tout l'ouvrage et en ressort invinciblement plus encore par les situations que par les paroles.

L'ouvrage primitif a été sérieusement modifié et atténué avant d'être présenté à la scène française ; nous avons nous-mêmes signalé encore des détails choquants et qui ont été, ou pourront être modifiés, mais l'ouvrage, en son ensemble, sera et demeurera un ouvrage peu sympathique aux croyances religieuses ; et si une partie du public regrette les sacrifices que les *arrangeurs* ont cru devoir faire aux convenances théâtrales, une plus grande partie des spectateurs sera, surtout dans les circonstances actuelles, frappée de l'esprit général de l'ouvrage dont l'autorisation pourra paraître une espèce de *manifeste, une concession dans le sens des réclamations d'une partie de la presse contre les associations religieuses.*

Nous voudrions pouvoir proposer l'autorisation de cette œuvre remarquable, qui a pour elle une notoriété publique favorable, résultant d'une publication déjà ancienne, le nom de l'auteur si justement regretté, le théâtre sur lequel l'œuvre sera dignement interprétée sans exagération de ce qu'elle peut avoir de trop philosophique, mais, dans la situation actuelle, nous ne saurions prendre sur nous la responsabilité d'une proposition d'autorisation, et nous avons l'honneur de soumettre cette grave question à la haute appréciation de Son Excellence.

Certes, la pièce à la représentation ne peut donner lieu à aucune manifestation, à aucun inconvénient matériel et tangible ; mais le fait de l'autorisation peut prendre les proportions d'une question politique que nous ne pouvons que signaler.

1. Identifiez les différents types d'arguments utilisés pour justifier la censure de la pièce. À quelle stratégie argumentative ce texte obéit-il ?

2. Imaginez le plaidoyer qu'Édouard Thierry, administrateur de la Comédie-Française, et Paul de Musset, frère du dramaturge, adressent au comte de Morny, président du corps législatif, pour tenter d'infléchir la censure. Vous rédigerez ce texte en prenant appui sur les arguments du rapport pour les réfuter et en vous servant de votre connaissance de la pièce.

TEXTE 11 • Émile Zola, « Alfred de Musset » (mai 1877)

Le Messager de l'Europe.

Je crois que Musset nous séduisit d'abord par sa crânerie de gamin de génie. Les *Contes d'Italie et d'Espagne*[1] nous transportèrent dans un romantisme railleur, qui nous reposa, sans que nous nous en doutions, du romantisme convaincu de Victor Hugo. Nous adorions le décor du moyen âge, les philtres et les coups d'épée ; mais nous

1. Zola veut en fait parler ici des *Contes d'Espagne et d'Italie.*

les adorions surtout dans ce débraillé, avec cette finesse de moquerie, ce scepticisme qui perçait entre les lignes. La ballade à la lune nous enthousiasmait, parce qu'elle était pour nous le défi qu'un poète de race portait aussi bien aux romantiques qu'aux classiques, le libre éclat de rire d'un esprit indépendant, dans lequel toute notre génération reconnaissait un frère. Puis, lorsque nous fûmes gagnés par les côtés tapageurs de Musset, la profonde humanité qu'il dégage acheva de nous conquérir. Il n'était plus seulement le gamin de génie, notre frère à nous tous qui avions seize ans ; il nous apparut si profondément humain, que nous entendîmes battre nos cœurs sur la cadence de ses vers. Alors, il devint notre religion. Par-dessus ses rires et ses farces d'écolier, ses larmes nous gagnèrent ; et il ne fut ainsi tout à fait notre poète, que lorsque nous pleurâmes en le lisant.

Pour bien comprendre la royauté de Musset sur la jeunesse de mon temps, il faut connaître cette jeunesse elle-même. Nous arrivions au lendemain des grands triomphes du romantisme. Nous étions nés à la vie littéraire, après le coup d'État de décembre, et nous ne connaissions que par les récits de nos aînés les batailles de 1830. Toute cette chaleur romantique s'était déjà bien refroidie. Victor Hugo, en exil, nous apparaissait dans un lointain d'apothéose. Malgré notre dévotion, nous n'étions pas de ses sujets, de ses fidèles, ne l'ayant jamais approché et n'acceptant l'admiration de ses contemporains pour lui qu'à la condition de la contrôler un jour. En nous s'agitait confusément la réaction du lendemain, le nouveau mouvement littéraire qui devait se produire infailliblement. Nous nous passionnions peu à peu pour l'analyse exacte. De là, j'en suis certain aujourd'hui, la lente évolution qui nous a détachés presque tous de Victor Hugo. Nous n'aurions su dire pourquoi ses vers ne nous entraient pas aussi profondément dans le cœur que ceux de Musset. Mais nous éprouvions déjà l'impression de plus en plus glaciale de cet amas gigantesque de rhétorique.

1. Justifiez l'emploi de la première personne dans ce texte.

2. Comment Zola définit-il le romantisme de Musset ? En quoi dépasse-t-il selon lui les autres auteurs romantiques ?

3. Votre lecture de *Badine* confirme-t-elle l'opinion d'Émile Zola ? Appuyez-vous pour répondre sur des exemples précis tirés de la pièce.

TEXTE 12 • Gabriel Marcel, « *On ne badine pas avec l'amour* au T.N.P. : un diamant sans défaut » (26 février 1959)

On peut dire en un certain sens que Musset a ici triomphalement accompli ou signifié tout ce vers quoi le théâtre de Marivaux est en quelque sorte en route.

Mais, en même temps, quel dépassement ! C'est à peine si chez Marivaux, en des cas tout à fait exceptionnels – je pense presque exclusivement à *L'Épreuve* – sont évoquées les victimes possibles du jeu amoureux. Dans l'ensemble, chez Marivaux, tout se résout en cadences mozartiennes. Ici, au contraire, pour la première fois, le jeu s'achève en plongée sur un abîme – l'abîme de la détresse et de l'iniquité. Et cela sans l'ombre d'une déclamation, sans rien du pathos qui nous rend aujourd'hui un certain romantisme à peu près insupportable. Le chemin est ouvert aux grandes œuvres, à la fois tragiques et sobres qui ponctueront ce que j'appellerais assez volontiers la voie du théâtre, *Un mois à la campagne*, *La Cerisaie*. Car je hasarderai ce paradoxe que c'est en Russie plutôt qu'en France que se rencontre la véritable postérité d'une œuvre comme celle-ci, par rapport à laquelle le théâtre français du XIXe siècle marque dans son ensemble un recul assez effrayant.

1. Réécrivez l'article de Gabriel Marcel de manière à transformer l'éloge en blâme.

2. Selon vous, quelle voie du théâtre a ouvert Musset ? Vous défendrez votre opinion dans un développement appuyé sur des exemples précis tirés d'*On ne badine pas avec l'amour* ainsi que d'autres pièces de Musset.

SUJETS

INVENTION ET ARGUMENTATION

Sujet 1

« Priez pour moi ; nous nous reverrons demain, et pour toujours » (l. 1132-1133), promettait Camille dans sa lettre destinée à sœur Louise. Imaginez le dialogue entre la nonne et la jeune fille, lorsque celle-ci revient au couvent, après le tragique dénouement de la pièce.

Sujet 2

La fameuse scène 5 de l'acte II entre Camille et Perdican est souvent présentée à l'audition du concours d'entrée au Conservatoire. Cette scène difficile est en effet considérée comme un morceau d'éloquence romantique, qui joue le rôle d'épreuve de vérité pour les apprentis comédiens. Tous ceux qui l'ont appréhendée ont été mis en garde devant les excès de langage d'un tel texte. Ainsi, lorsqu'il répétait au Théâtre National Populaire en 1959 la phrase : « les phoques les plus informes rampent et se tordent sur des montagnes de fange » (l. 997-998), Gérard Philipe s'entendit-il dire : « La salle sourira, Gérard ». Le célèbre comédien rétorqua : « Elle ne sourira pas ». Imaginez la suite de la réponse de l'acteur, qui entend défendre les vertus théâtrales d'un tel texte.

Sujet 3 : analyse d'images *(pages 140 et 141)*

1. Comparez ces deux photographies, qui évoquent différents dénouements possibles de la pièce. Pour ce faire, établissez la liste des points communs et des différences de l'interprétation, puis tentez de faire correspondre ces clichés à des scènes précises de la pièce : que constatez-vous ? quels choix d'interprétation sont ainsi effectués ou renforcés ?

2. En vous appuyant sur ce travail préparatoire, vous rédigerez une lettre ouverte destinée à un courrier des lecteurs, où vous rendrez compte de votre expérience de spectateur.

On ne badine pas avec l'amour d'Alfred de Musset,
mise en scène de Gérard Gelas, avec Alice Belaïdi (Rosette)
et Guillaume Lanson (le Baron), Marseille, 2006.
Production du Théâtre du Chêne noir, Avignon.
ph © Manuel Pascual.

On ne badine pas avec l'amour d'Alfred de Musset,
mise en scène de Caroline Huppert, avec Didier Haudepin (Perdican),
Isabelle Huppert (Camille) et Sabine Haudepin (Rosette),
Théâtre des Bouffes du Nord, Paris, 1977.
ph © Agence Bernand / Enguerand.

Dans le cadre d'un festival consacré à Musset, vous avez en effet assisté à l'une de ces deux représentations. Vous voulez témoigner de votre enthousiasme ou de votre indignation face aux choix de mise en scène du dénouement. Vous étayerez votre opinion en confrontant la version de la pièce à laquelle vous avez assisté à votre souvenir d'une version antérieure, plus respectueuse ou plus convenue, du texte de Musset.

Sujet 4

Dans une mise en scène contemporaine des *Caprices de Marianne*, le personnage d'Octave, vêtu d'une simple chemise blanche et chaussé de tennis, écoutait, nonchalamment allongé et abandonné à sa mélancolique rêverie, Marianne Faithfull à la radio. Séduit par une telle démarche, un metteur en scène décide d'actualiser la représentation qu'il veut monter d'*On ne badine pas avec l'amour*, notamment à travers le choix des costumes et des accessoires dévolus aux personnages de la pièce. Imaginez le dialogue entre ce metteur en scène, qui s'efforce d'expliquer ses choix, et l'un des comédiens de la troupe, qui juge grossière cette volonté d'illustrer le temps présent.

■ Indications pour traiter le sujet

Vous veillerez à ne pas vous contenter d'une polémique, en envisageant au cours de la discussion les problèmes suivants : Musset a-t-il voulu faire de sa pièce une leçon intemporelle ou le reflet d'une époque ? Quels sont les droits et les devoirs d'un metteur en scène par rapport au texte ?

COMMENTAIRES

Sujet 5

TEXTE 13 • *On ne badine pas avec l'amour*, acte I, scène 4

Bonjour, amis [...] viens souper au château.

> PAGES 20-22, LIGNES 351-415

Après avoir répondu aux questions suivantes, vous rédigerez un commentaire de cet extrait, qui s'attachera à définir la portée du lyrisme de l'enfance chez Perdican.

1. Quels procédés recréent le paysage de l'enfance et traduisent l'effusion du personnage ?

2. Étudiez le jeu des pronoms et des apostrophes dans le dialogue entre le chœur et Perdican : comment définissez-vous leurs relations ?

3. Comparez les rencontres de Perdican avec Camille (I, 2) et avec Rosette dans cette scène. Quels contrastes et quelles correspondances relevez-vous ?

Sujet 6

TEXTE 14 • *On ne badine pas avec l'amour*, acte II, scène 2

Cela est certain [...] le second dans Rome.

> PAGES 28-29, LIGNES 545-566

Après avoir répondu aux questions suivantes, vous rédigerez un commentaire de ce texte, où vous mettrez en évidence la puissance comique du passage.

1. Quelle forme classique du théâtre parodie cet extrait ? Justifiez votre réponse en étudiant les figures de style, les registres de langue et les rythmes.

2. En quoi peut-on parler de satire dans ce passage ?

3. Quelles sont les fonctions de cette scène à ce moment de l'action ?

Sujet 7

TEXTE 15 • *On ne badine pas avec l'amour*, acte III, scène 6

J'aime la discussion [...] secourir Rosette.

> PAGES 57-60, LIGNES 1337-1428

Après avoir répondu aux questions suivantes, vous rédigerez un commentaire de ce texte, où vous dégagerez sa valeur de piège tragique.

1. Quel est le dispositif scénique mis en place par Camille ? À quelle scène répond-il ?

2. Quel usage complexe de la vérité et du mensonge Camille opère-t-elle dans son discours ?

3. Quel est le sens de son élargissement à l'ensemble du sexe féminin ?

4. En quoi Camille et Perdican manifestent-ils ici une certaine cruauté ?

DISSERTATIONS

Sujet 8

Commentant la scène 5 de l'acte II d'*On ne badine pas avec l'amour* lors de ses cours au Conservatoire National d'art dramatique, Louis Jouvet déclare le 1er juin 1940 :

> Dans tout le théâtre, les plus beaux personnages sont des adolescents, et quand un grand auteur touche un grand sujet, ses personnages sont des êtres jeunes : Roméo et Juliette, Jacqueline et Fortunio, c'est pour cela que les personnages de Musset sont magnifiques. [...] C'est aussi ce qu'il y a dans Marivaux, seulement dans Marivaux ils ont déjà de l'éducation [...]. Camille et Perdican, c'est le problème des adolescents. Il faut donner cela dans l'inconscience, et que le subconscient soit évident tout de même. Il faut que ce soit des enfants[1].

En vous appuyant sur votre lecture de *Badine* et d'autres pièces de Musset, ainsi que sur celles d'œuvres théâtrales comportant de jeunes protagonistes, vous expliquerez, commenterez, voire discuterez le point de vue de Louis Jouvet.

Sujet 9

Molière affirmait dans l'avertissement au lecteur de *L'Amour médecin* :

> On sait bien que les comédies ne sont faites que pour être jouées, et je ne conseille de lire celle-ci qu'aux personnes qui ont des yeux pour découvrir dans la lecture tout le jeu du théâtre.

En vous appuyant sur votre lecture de *Badine*, sur vos connaissances des textes et de l'histoire du théâtre, ainsi que sur votre expérience de spectateur, vous direz si la représentation est indispensable pour apprécier et comprendre pleinement une pièce de théâtre.

1. Louis Jouvet, *Tragédie classique et théâtre du XIXe siècle*, © Gallimard, coll. « Pratique du théâtre », 1995.

Sujet 10

Dans le chapitre « Expérience du théâtre » de ses *Notes et contre-notes*, Eugène Ionesco, célèbre dramaturge du XXe siècle, écrit :

> Tout est permis au théâtre : incarner des personnages, mais aussi matérialiser des angoisses, des présences intérieures. Il est donc non seulement permis, mais recommandé, de faire jouer les accessoires, faire vivre les objets, animer les décors, concrétiser les symboles. De même que la parole est continuée par le geste, le jeu, la pantomime [...] les éléments scéniques matériels peuvent l'amplifier à leur tour[1].

À la lumière de cette citation et de votre lecture de *Badine* ainsi que d'autres œuvres dramatiques, vous réfléchirez au rôle joué par les « éléments scéniques matériels » (décors, objets, costumes, accessoires) dans la mise en scène d'une pièce de théâtre.
Dans quelle mesure participent-ils à l'interprétation que l'on peut faire du texte ?

1. Eugène Ionesco, *Notes et contre-notes*, © Gallimard, coll. « Idées », 1966.

BIBLIOGRAPHIE

Œuvres de Musset

MUSSET Alfred de, *On ne badine pas avec l'amour*, préface et commentaires par Henri Béhar, Pocket, 1993.

MUSSET Alfred de, *Théâtre complet*, édition établie et présentée par Simon Jeune, Gallimard, coll. « Bibliothèque de la Pléiade », 1990.

MUSSET Alfred de, *Lorenzaccio, On ne badine pas avec l'amour et autres pièces,* introduction et notes par Bernard Masson, GF-Flammarion, 1988.

Ouvrages critiques sur Musset et son œuvre

CASTEX Pierre-Georges, *Études sur le théâtre d'Alfred de Musset. II.* On ne badine pas avec l'amour, SEDES-CDU, 1979.

HEYVAERT Alain, *L'Esthétique de Musset*, SEDES, 1996.

JEUNE Simon, *Musset et sa fortune littéraire,* Bordeaux, Ducros, 1970.

LESTRINGANT Frank, *Alfred de Musset*, Flammarion, coll. « Grandes biographies », 1998.

Revue *Europe*, *Alfred de Musset*, n° 583-584, novembre-décembre 1977.

Ouvrages critiques sur **On ne badine pas avec l'amour**

Actes du colloque *Musset :* Lorenzaccio, On ne badine pas avec l'amour, par Jeanne Bem et al., SEDES-CDU, 1990.

JOUVET Louis, *Tragédie classique et théâtre du XIXe siècle : extraits des cours de Louis Jouvet au conservatoire*, Gallimard, coll. « Pratique du théâtre », 1995.

MARCHAL Sophie, *On ne badine pas avec l'amour*, Bertrand-Lacoste, coll. « Parcours de lecture », 1994.

MASSON Bernard, *Théâtre et langage. Essai sur le dialogue dans les comédies de Musset*, Lettres Modernes/Minard, coll. « Langues et styles », 1977.

Ouvrages critiques sur Musset et le romantisme

NAUGRETTE Florence, *Le Théâtre romantique. Histoire, écriture, mise en scène,* Seuil, coll. « Points Essais », 2001.

RICHARD Jean-Pierre, *Études sur le romantisme,* Seuil, coll. « Pierres vives », 1971.

Enregistrement de la pièce

Un DVD-livret de la pièce mise en scène par Gérard Gelas (Théâtre du Chêne noir d'Avignon) sera disponible dès septembre 2006 au CNDP.

Collection Classiques & Cie

6 Abbé Prévost
Manon Lescaut

41 Balzac
Le Chef-d'œuvre inconnu
Sarrasine

47 Balzac
Le Colonel Chabert

53 Balzac
La Femme de trente ans

11 Balzac
Histoire des Treize
(Ferragus - La Duchesse de Langeais - La Fille aux yeux d'or)

3 Balzac
La Peau de chagrin

34 Balzac
Le Père Goriot

42 Barbey d'Aurevilly
Les Diaboliques

20 Baudelaire
Les Fleurs du mal

55 Beaumarchais
Le Barbier de Séville

15 Beaumarchais
Le Mariage de Figaro

51 Corneille
Le Cid

2 Corneille
L'Illusion comique

38 Diderot
Jacques le Fataliste

17 Flaubert
Madame Bovary

44 Flaubert
Trois Contes

4 Hugo
Le Dernier Jour d'un condamné

21 Hugo
Ruy Blas

8 Jarry
Ubu roi

36 La Bruyère
Les Caractères
(De la ville - De la cour Des grands - Du souverain ou de la république)

5 Laclos
Les Liaisons dangereuses

14 Lafayette (Mme de)
La Princesse de Clèves

50 Marivaux
La Double Inconstance

46 Marivaux
L'Île des Esclaves

12 Marivaux
Le Jeu de l'amour et du hasard

30 Maupassant
Bel-Ami

52 Maupassant
Le Horla et autres nouvelles fantastiques

18 Maupassant
Nouvelles

27 Maupassant
Pierre et Jean

40 Maupassant
Une vie

48 Mérimée
Carmen - Les Âmes du purgatoire

1 Molière
Dom Juan

19 Molière
L'École des femmes

25 Molière
Le Misanthrope

9 Molière
Le Tartuffe

45 Montesquieu
Lettres persanes

10 Musset
Lorenzaccio

54 Musset
On ne badine pas avec l'amour

58 Perrault
Contes en vers et en prose

57 Proust
Un amour de Swann

35 **La poésie**
française au XIXe siècle

26 Rabelais
Pantagruel - Gargantua

31 Racine
Andromaque

22 Racine
Bérénice

23 Racine
Britannicus

7 Racine
Phèdre

37 Rostand
Cyrano de Bergerac

16 Rousseau
Les Confessions

32 Stendhal
Le Rouge et le Noir

39 Verne
Le Château des Carpathes

13 Voltaire
Candide

24 Voltaire
L'Ingénu

56 Voltaire
Micromégas et autres contes

33 Voltaire
Zadig

10 Zola
L'Assommoir

49 Zola
La Curée

28 Zola
Germinal

43 Zola
Thérèse Raquin

PAPIER À BASE DE
FIBRES CERTIFIÉES

Hatier s'engage pour
l'environnement en réduisant
l'empreinte carbone de ses livres.
Celle de cet exemplaire est de :
300 g éq. CO_2
Rendez-vous sur
www.hatier-durable.fr

Achevé d'imprimer par Grafica Veneta à Trebaseleghe - Italie
Dépôt légal 96314-8/01 - Août 2012

IMPRIM'VERT